路過你的時光漫漫

留春

絢君〔作品〕

目　次
CONTENTS

第十七章　負隅頑抗

備考的時光過得特別快，隨著一本又一本的講義不再留白，歷屆試題也開始動工，倒數的時間越來越短，從原本兩百天變成一百天，時光飛逝，轉眼就只剩一個月了。

第四次模擬考就這麼結束了，我的數學成績依舊像王莽的政策一樣不穩定，一下子十四級一下子十三級，而據說最準的第四次模擬考居然只考了十三級的尾巴，我盯著成績單，心底有點悶。

但是忽然想起那個颱風夜，文胤崴那句「我們一起上臺大吧！」便重新振作，從書櫃中拿出數學題本繼續負隅頑抗。

接近學測，大家都像是繃緊的弦，抓緊時間念書，也抓緊時間像隻冬眠的熊睡覺，尤其是音樂、美術等藝能科，基本上沒有多少人會在桌上擺課本，不是在睡覺就是在讀其他科，而老師也對這般行為相當寬容，學測在即，刻不容緩。

然而，漸漸地，學校傳來了許多憾事。

在第四次模擬考發成績後兩天，九班有位同學墜樓自殺了。

據說原因是因為成績一直無法達標，而看著同學們一個一個在進步，便選擇自盡了。

「這在翰青很正常嗎？」

週末去圖書館時，我把這件事告訴了徐以恩，只見她蹙眉問道。

「我不知道，聽說每年都會有類似的事，校方也無法控管這樣的事一再發生。」我答，得知消息時我全身汗毛直豎，忍不住轉頭看看周圍同學，希望能和這兒每個人都撐過學測，縱使要指考也能大家笑著並肩作戰。

明明沒有什麼是過不去的。

「我們學校最近也有類似的事，還好教務主任剛好經過，不然就恐怖了。」徐以恩嘆。

正埋首於數學題本的文胤崴悠悠地說：「唉，每年大考前就要死人。你們倆好好撐著，咱們考完之後還有很多可以玩的呢！」

「也要學測考好才行啊！」徐以恩又大大地嘆口氣。

我笑著拍拍她的肩膀，徐以恩現在的壓力有多大我自然是清楚的，看著她在每本講義封面上都貼了一張便條紙，上頭寫著大大的「學測就上政大會計」，黑眼圈也越來越深了，每天都吃B群來維持精神，然而，看見成績單上的分數節節高升便覺一切都值得了。

我打從心底欽佩，也心疼這位朋友。

期末考結束後，學校正式宣布高三停課，為了避免舟車勞頓，我和文胤崴便決定在家自習。

考前生活可謂單調無比，六點起床，七點吃早餐，八點半開始寫題本，為了避免都讀同一科吸收力會下降，每隔一小時我就會換讀另外一科，每天中午也是弄熱冷飯或是泡泡麵，唯恐少了這點讀書時間就掉了一級分。

真的升上高三才能明白每次全校集會時為何高三生會這麼沒禮貌，不顧臺上講者，不管在臺下巡視的教官，捧著一本書狂讀。

我曾告誡自己絕不能成為這樣沒禮貌的人，然而到了高三，我也無可避免地利用朝會背英文單字、數學公式，備考分秒必爭的感覺，不是當事人真的無法懂。

文胤崴曾在中午吃飯時傳訊息給我，打開來看居然是大陸高三生準備高考，吊著點滴讀書的照片，他還似認真似開玩笑地說：「咱們也去吊點滴吧！連吃飯的時間都省了。」

這傢伙是讀書讀到腦袋壞掉了嗎？

學測倒數一星期，我的分數也漸趨穩定，大約73級分，數學分數都在14級的尾巴，只能祈禱學測也能剛好跨過14級的分數線。

而文胤崴的分數在74、75浮動，既然他沒有打算去醫學系，這個分數也可以任他填臺大其他的科系。

時間過得快得嚇人，值得慶幸的是，在這飛也似的時光中我們成長茁壯。

我的生理時鐘也調整成能在學測第一科打起精神答題，週末一早六點就起床了。

準備學測最可怕的是，黑夜越來越長，天氣越來越冷，為了避免寒風灌進房間，窗子也只能緊閉著，心情也隨著漫長黑夜而越來越憂鬱，就像現在，外頭還是一片黑就得摸黑起床洗漱。

當我刷完牙準備訂正昨天的題本時，突然聽見一陣陣聲響，像是石子敲擊地板的聲音，我不理會它，逕自翻開社會題本，然而當我拿起紅筆準備落筆時，手機突然就響起，我只好不耐地伸手去撈手機，赫然發現是文胤崴來電。

「喂？」

「我朝妳的窗戶丟了好幾顆彈珠了，妳是在冬眠還是怎樣？都不會開窗看一下嗎？」文胤崴滔滔不絕地抱怨，好像我剛才犯了什麼滔天大罪。

我這才拉下窗戶的栓子，推開窗戶，只見對面的文胤崴手拿手機，表情原有些不耐煩，看見我開窗後便面露喜色。

電話「嘟」地一聲掛斷了。

他朝我喊：「今天別讀書了！」

「啊？」我有些錯愕。

他笑嘻嘻地說：「咱倆今天去拜文昌帝君吧！」

我原是有些訝異，文胤崴向來不信那些怪力亂神，《論語》中他最熟的恐怕就是「子不語：『怪力亂神。』」吧？見他笑得那麼爽朗我就趕緊換衣服，套上圍巾下樓。

爸爸見我這個自從準備學測之後生活只剩學校、家裡、圖書館的宅女穿得這麼慎重有些訝異，原要喝咖啡，看到我時就愣住，拿著咖啡杯的手就這樣懸在空中，「妳要去哪啊？不是都不出門的嗎？」

「我要去拜文昌帝君。」我答。

「自己去？」

我搖頭，「還有文胤崴一起。」

他「喔」一聲，「這樣也好，我跟妳王叔叔都很擔心你們倆考個學測是不是都要變山頂洞人了，好好放鬆，勞逸並行。」

我笑，「有那麼誇張嗎？」

「可不是嗎？」

爸爸拿了一百塊給我，要我在外面好好吃了再回來，不要整天只吃泡麵。

我接過鈔票，感激地道謝，然後快步到玄關穿鞋，推開門就能見文胤崴倚著門，笑望著我，「怎麼老是讓我等？」

我不好意思地笑笑，「除了我們還有別的人要去嗎？」

「我有問徐以恩，她說她要補習，要我們順便幫她拜一下。」

「誰要幫她拜啊！現在還有代理拜拜的啊？」我笑。

他煞有介事地大叫：「哇！第一次看到這種沒良心的朋友！」

我們倆來到市區的文昌廟，一到廟裡就看見人山人海，蔚為壯觀，不是考生就是考生的父母。

文胤崴驚嘆地說：「原來這才是真的臨時抱佛腳！」

我嚇得摀住他的嘴巴，深怕等一下我們就會被愛子心切的家長、備考壓力山大的學生圍毆。

他見我這副緊張的模樣忍不住大笑了起來，推開我的腦門就拉著我的書包背帶往前走，我的臉頓時就紅了，心底漾起了一波又一波的甜蜜。

我們手持兩炷香，先拜過天公再到文昌殿裡拜文昌帝君。

我不斷在心底默唸：「我是翰青高中的李如瀅，希望能在學測得到好成績，順利錄取理想校系。還有我的兩個朋友，翰青高中的文胤崴跟泰源高中的徐以恩，他們都很努力，就差一點運氣了。」

不知文昌帝君是否覺得我太貪心了，居然盼望能像廣告裡的巧克力蛋，三個願望一次滿足。

我們把香插上香爐，然後再拿出准考證要過一下香爐。我踮起腳尖，小心翼翼地拿著准考證，無奈香爐有點高，我的手抖個不停，惹得旁邊的文胤崴笑得全身發抖。

我微慍地怒視他，只見他笑罵：「小矮子。」然後搶過我的准考證，逕自替我過香爐，我看著他手中那兩張緊緊挨在一起的准考證，不知怎地眼眶就有點酸澀，卻還是說服自己只是香太辣眼了。

就像此時此刻，未來也在一起吧！

過完香爐後，我們還去求籤詩，也順道幫徐以恩也求了。

文胤崴邊抽籤邊揶揄我：「不是不幫徐以恩嗎？良心發現了啊？」

「不幫她的話，你就等著聽她碎碎念四年吧！」我答。

他拿起籤，然後按照號碼去取籤詩，一拿起籤詩就是一陣哇哇大叫，惹得我立馬湊上去看。

汝是懸崖一樹海，一塵不染向春開。待看綠葉成蔭後，結子滿枝調鼎來。

大大的「上上籤」看得我眼睛發酸。

只見文胤崴嚇得轉頭對我說：「我是不是該考慮一下臺大醫學系？」

我笑捶他一下，「不要！我還怕你醫死太多人上社會版頭條呢！」

而且醫科不在校本部啊！傻子。

我和徐以恩的籤詩也不錯，徐以恩的意思大抵是她已足夠努力，必能心想事成，而我的則是恰好今年能金榜題名，其實我也很想問，何時文昌廟能夠與時俱進一下？這年代重考的人真的不多啊！

拜完時已逾中午，我跟文胤崴在廟口的麵線店落腳，他不斷對我說來了臺灣以後最喜歡的小吃就是麵線，要是臺灣人能研發烤鴨麵線就好了。

到底腦洞有多大才能想到這種熱量高得嚇人的食物？

我們點好餐後隨便找個位子坐下，忽然聽見一聲髒話，嚇得我跟文胤崴望向店門口，看見老闆正朝一對衣衫襤褸的母子罵：「沒有錢也敢來吃霸王餐！」

只見婦女淚眼汪汪，「對不起，我兒子真的很餓，已經好幾天沒吃飯了……」

我忍不住皺眉，她說得多麼真摯，只是吃霸王餐真的沒辦法社會允許。

「妳兒子肚子餓就能吃霸王餐嗎？還不交錢！不然老子就要報警了哦！」老闆怒氣沖沖地吼，嚇得婦人旁的小男孩躲到母親背後，小小的身子顫抖著，令人心疼。

我想要上前說點什麼，正當我站起身來時，文胤崴輕輕地拉我下來，然後逕自走上前，笑嘻嘻地朝老闆說：「我來替他們付吧！」

只見老闆原本氣得臉紅脖子粗，手拿湯匙就像拿著球棒一樣凶狠，看見文胤崴這副狂妄的樣子瞬間就沒了銳氣，「小子你算哪根蔥？今天老子就要他們還錢，你出什麼頭啊？」

文胤崴無所謂地說：「我今天心情好，一次買三碗不行嗎？你又礙得著我要請誰吃嗎？」

老闆頓時語塞，趁著這時文胤崴就趕緊塞錢到櫃檯，然後拉著那對母子就走，我見狀便焦急地拿起包包一起離開店裡。

「喂！文胤崴！等等我啊！」我朝他喊。

他轉頭望我，嫌棄地說：「是妳腿太短才跟不上的。」

我斜睨他一眼，然後將目光轉向旁邊的母子，只見婦人感激得眼底都有淚花，忙拉著兒子向我們鞠躬，我趕緊拉她起身，焦急地說：「阿姨別這樣！我們也只是看不下去而已。」

她淚眼汪汪地望著我們，哽咽地說：「今天能遇到你們兩個真是太好了，不然我也不知道該怎麼辦。」

她說起母子倆的遭遇，近乎所有八點檔的破梗都出現在他們的身上了，聽得我跟文胤崴都不由得沉默不語，心有戚戚。

婦人的丈夫在兩年前外遇，為了生活，她忍，然而在一年前她的丈夫發生意外死了，喪禮上才發現丈夫在外面賭債累累，黑道連連上門討債，而婆家也怪她剋夫，她獨自背著丈夫的賭債，把房子貸款了還不完，她只能帶著兒子回娘家，然而年邁老母前陣子在菜園澆菜時不小心跌了一跤，居然就癱瘓了，這下不只是債務，還要背上母親的醫藥費，母子倆的生活也越發拮据，常常過著有一餐沒一餐的日子。

她那年幼的兒子這幾天一直吵著要吃麵線，於是她決定鋌而走險，看麵線店能不能賒帳，沒想到遇上的情況居然是這樣。

我好像又看了一次《人在冏途》，那個年輕媽媽為了女兒的醫藥費在大街上逢人就問能否借錢，只是，就算她都真摯地拿出了身分證了，仍然沒有人相信她。

我的眼眶頓時就酸澀了起來，淚水差點兒就奪眶而出，旁邊的文胤崴表情寬和地拍拍我的肩膀，似在告訴我，沒事的，我抬頭望他，卻發現他的表情甚至比我還要難看，眉頭深鎖，眼神朦朧，好像一眨眼，眼淚就要流了出來。

他上前拉住正在哇哇大哭的小男孩，露出燦爛而憐憫的笑容，認認真真地說：「喂！男子漢哭什麼啊？你可要成龍，讓媽媽放心，不然哥哥會看不起你的。」

我瞬間明白了文胤崴眼底的淚光是因何而起。

「在我小學三年級的時候，爸爸跟一個很年輕的阿姨外遇了。」

那天春雨夜下，他曾對我說起這個故事。

他是經過了多少努力，多少煎熬，才能成為一個不讓母親擔心，獨當一面，能夠在我面前，面對不義時拔刀相助的少年？

我心疼地望著前方景象，癟著嘴，努力不讓淚水落下。

「啊！你們是什麼學校的？阿姨以後一定會還你們錢的！」婦人突然想起要還欠著文胤崴錢，立馬侷促地說。

文胤崴趕緊推辭：「不用還啦！咱們見面也是有緣，何必計較這麼多！況且我們倆都是考生，現在作善事積陰德，說不準考試就會的全對，不會的全部猜對啊！」

我見婦人還是一副打算要還錢真摯的模樣，忙打圓場，「我們是翰青高中的，我叫李如瀅，他是文胤崴，不如這樣好了！等到我們考完學測妳可以帶弟弟來找我們玩，製造美好的回憶，當作謝禮吧！」

她見我們這副強硬的樣子，猶豫了好半晌，才低頭答：「好。」

我和文胤崴這才鬆一口氣，相視一笑。

「威德，跟哥哥姐姐說掰掰！」她牽起旁邊小男孩的手，溫柔地囑咐他。

那個叫威德的男孩奶聲奶氣地張口：「哥哥、姐姐掰掰！」

我們笑著朝他揮手，文胤崴還朝他喊：「威德啊！要變強哦！」

我們笑著看他們離去，忽然，婦人就轉頭對我們說：「謝謝你們！你們真是我見過最善良的情侶。妹妹，要珍惜這麼好的男朋友啊！」

我頓時驚得說不出話，而旁邊的文胤崴也笑朝她喊：「不會！幫助你們是我們的榮幸！」

我呆站在原地看著他們漸行漸遠，心底因為婦人剛才的話，升起了一顆又一顆的粉紅泡泡，只是，泡泡是脆弱的，不用外力也會自破，也許哪天我又會逕自患得患失起來，可是無妨，至少此刻的我心底是甜蜜的。

「喂！李如瀅！走了！」文胤崴朝我喊，我這才回過神來，任由他拉著我的書包背帶拖著我離去。

忽然有個不要臉的想法油然而生。

真希望他握的不是書包背帶。

由於剛才大鬧麵線店，我們也不好意思回去拿點好的麵線，只好當作作善事，請老闆吃。

「今天真是準備學測以來最累人的一天。」文胤崴伸懶腰，面色疲憊地說。

「是嗎？我覺得挺充實的。」我笑說，然後又問：「所以我們午餐怎麼辦啊？」

他見我這副餓死鬼的樣子忍不住笑，「是有多餓啊？好在小爺英明，剛才特地打電話給老媽叫她留飯給我們吃了。」

我煞有介事地朝他鞠躬，喊：「感謝二爺！大恩大德草民沒齒難忘。」

他馬上就融入情境劇，學起古裝劇裡的王爺擺手，「平身。只是爺待會有事要請三姑娘幫忙。」

「啊？」

他嘿嘿一笑，「等一下就知道了。」

這趟小旅行就這麼結束了，我和文胤崴並肩回到家門口，他解開門鎖，推開門就能聞到飯菜香，文阿姨聽見開門聲就從客廳探出頭來看我們，朝我們喊：「快去洗手吧！不然菜都要涼了！」

我們趕緊去廚房洗手，到飯廳享用午餐，文阿姨也關上電視來找我們聊天。

「怎樣？今天有求到好籤嗎？」文阿姨問。

說到這文胤崴就激動地放下筷子，得意洋洋地說：「媽，信不信由妳！我抽到了上上籤！」

「真的啊？這麼厲害！」她喜出望外，「咱們文家要出狀元啦！」

我笑，不忍潑他們冷水，也要蘇墨雨放水吧？

「那如瀅呢？」阿姨轉頭問我。

「也還不錯，看起來應該能學測就上。」我夾起一片高麗菜，道。

「那等到你們都考完了，咱們就一起去旅遊吧！」阿姨興致昂然。

文胤崴忍不住問：「我們不是寒假要回北京過年嗎？」

阿姨恍然大悟，「啊！對哦！我都忘了！那等你們確定有學校了再去吧！怎樣？你們想去哪裡？」

我瞥一眼旁邊的文胤崴，然後隨和地答：「我都可以。」

只要能跟你在一起，哪裡都好。

「我想去日月潭，小學課文把日月潭寫得太美了，來臺灣就是要去趟日月潭啊！」文胤崴興致高漲，興奮地喊。

「好好好，等你們都考上了，我再安排行程。」阿姨笑說，好像在安撫吵著要糖的孩子。

一餐飯在歡笑聲中度過了，我似乎也許久沒有這樣好好吃午餐了，望著眼前溫馨的景色，四處瀰漫著快活的空氣，我想，等到學測完一定也要像這樣過日子啊！

吃飽喝足後，我和文胤崴一起收拾，不顧文阿姨阻止就一起去洗碗了，我負責抹泡泡而他負責沖水。

今天絕對是準備學測以來最美好的一天。

我一邊傻笑著一邊用菜瓜布在餐盤上搓泡泡，連打開冬天冷得要死的水龍頭也成了享受。

收拾完後我也準備回家繼續奮鬥，正當我要起身離開時，文胤崴突然叫住我：「李如瀅！妳忘記我還有事要找妳幫忙了嗎？」

我回頭望他，「什麼事？」

「妳站在這裡別動。」

他咚咚咚地跑上樓，過了好半晌才笑嘻嘻地走下來，把手藏在背後，活像做了什麼壞事。

「你藏了什麼啊？」我問。

他一副不可說的樣子，「妳還記得基測時妳給了我什麼嗎？」

我瞠目結舌，不敢置信地問：「你還留著？」

他笑嘻嘻地把手伸出來，只見一個破舊的御守靜靜躺在掌心上。

升高中時，我以總校排第一之姿薦送上了翰青，而剛轉學來臺的文胤崴只能參加基測，當時他花了一個月把注音、臺灣史地背熟，成績節節高升，空降全校第一名，只是這傢伙遇到大考就容易緊張，為了替他打強心針我就去書局買了一個手作御守組，然而我的勞作實在不強，勉勉強強看得出來是護身符，然後又拿了張紙條，在上頭寫「絕對錄取翰青高中」，對摺，塞進御守裡。

當時我以為文胤崴會嘲笑我怎麼做這麼娘們的東西給他，然而，沒想到他這麼愛不釋手，揚起燦爛的笑容，「挺不錯的。我外婆昨天才說會去孔廟幫我祈福，可是遠在北京的孔子怎麼會來幫我呢？還是李如二實在！謝啦！我很喜歡！」

那天我開心得整晚都睡不著，情竇初開，在那晚越發成長茁壯。

沒想到他還留著。

「這次妳是不是也該替我祈福一下？」他笑說。

我裝模作樣地啐嘴，「不是早上才抽到上上籤嗎？我這算什麼啊？」

「嘿嘿，妳就幫一下嘛！」

我嘴上說不要，最後還是伸手接過御守，打開來，抽出裡面的紙條，墨水已有些暈開，而紙條已泛黃，果然三年歲月不饒人。

「筆呢？」我問。

他立馬從桌上拿起一枝筆，將之遞給我。

我正襟危坐，將紙條翻到背面，像個初學握筆姿勢的小孩，認認真真地提起筆，突然想起還不知道他的第一志願，便抬頭問道：「你要上臺大什麼系？」

「電機系。」

「好，我這就替你打枝強心針。」我笑說。

我小心翼翼地落筆，一橫一豎都毫不馬虎，認認真真地寫下「絕對錄取臺大電機系」，寫畢，又用手搧風，試圖讓墨水快乾。

「妳的字果然還是一樣醜。」他嘲笑我。

我斜睨他一眼，「是誰非要我寫的？」

他笑而不語。

見墨水乾得差不多了，我將其對摺，塞進御守裡，然後遞給文胤崴，笑咪咪地說：「好了！這次一定也能心想事成的！」

他接過御守，眼神柔和地望著我，「謝謝妳，臺大財金的苗子。」

這個油嘴滑舌的傢伙。

「學測加油。」他說。

我望著他，漾起了大大的笑容，「好，我們臺大見。」

第十八章　終於圓夢

學測就這麼到來了，翰青也是學測考場之一，自然組的學生被安排留在主場考試，而社會組的學生則被分配到第三志願的泰源高中，得知消息時，我們班同學都忍不住罵學校偏心，連這種大型考試也獨厚自然組，還特別憤慨地對我精神喊話：「李如瀅妳絕對要考出好成績，讓學校高層知道社會組有多麼強悍。」

呃，叫我考校排第一還不如叫全社會組都考上頂大實在吧？

學測這天下起了細雨，細雨是最惱人也是最舒適的天氣，惱人是因為不知究竟是否要撐傘，沒撐身上又溼答答的不好受，而舒適是因為其帶來的略微的濕氣與涼風。

的確很像學測的到來，令人又愛又恨，好像痛苦就要結束了，卻又畏懼這種秋後問斬的感覺。

我和吳睿鈞在同一間試場，我們約好考完絕不討論上一科的答案，以免心情受到影響。

今年的國文跟往年一樣，題目不至於太難，只是作文題目「獨享」確實有些困難，作文成了我和吳睿鈞唯一一出試場就抱怨的科目。

由於去年題目過於簡單，今年數學肯定不會太簡單，我大概猜了兩題，只能祈禱會的全對，猜的也能矇中。

至於英文、自然、社會這幾科我較為擅長的科目都算寫得胸有成竹，而地理老師預測的我的罩門——地名辨認沒有出現，寫完整本題本時我鬆了一口氣，看來能得到不錯的分數。

當監考老師收走最後一科自然題本時，我環顧了整間試場，果然電影都是騙人的，才不會有學生一考完就開始歡呼的，這樣的行為太蠢了，誰知道還要不要指考呢？

監考老師宣布離場後，坐在最後一列的吳睿鈞就站在後門等我，我拖著疲憊的身軀離開試場，一看到吳睿鈞就扯開笑容，「終於可以放假了。」

只見吳睿鈞似笑非笑，「唉，我大概要去指考了。」

「啊？這麼快就確定要去指考？」我詫異地問。

「昨天考完我心裡就有底了，回家對答案果然錯了一堆粗心題，一對完答案我就開始查指考資訊了。」

我哭笑不得，「白癡才會一回家就對答案，對完就跑去查指考資訊啦！我們不是說好不討論嗎？你怎麼可以自己偷跑？」

他笑得苦澀，我也不忍再說下去了。

「放寒假了呢！」過了良久，吳睿鈞才悠悠地說。

回到休息區，大家都累得說不出話來，哪來的考完的歡樂可言？

林書榆突然爆出一句：「我努力了三年，結果兩天就結束了。」

語音剛落就惹得在收書包的我們哈哈大笑，班導聞言就說：「這麼說來指考比較划算吧？還考三天呢！」

班上也不像平常聽到指考就哇哇大叫，只是放寬心哈哈大笑。大概也是都知道塵埃落定，指考也無法排斥了吧？

本來結束要跟徐以恩一起回家的，然而他們班約好考完去聚餐，我只好一邊聽EXO的〈約定〉，一邊獨自一人走到公車站。

就這麼結束了，完全沒有實感。

沒想到後來回憶起學測，我連題目都忘了，卻對獨自一人站在車站仰天沉思的畫面還有當時耳邊的〈約定〉念念不忘。

回到家後我趁著記憶猶新，把答案給對了，沒想到數學猜了的那兩題選擇題居然對了一題，令人扼腕的是自信滿滿寫下的一題選填題還有多選題居然錯了，我大概估了下分數，八十八分，看來是能安心放寒假了。

除了數學外，另外幾科的分數也不錯，大概這次能拿七十三級分吧。

對完答案的瞬間，我激動地想要開窗朝對面那個傢伙喊：「我的數學八十八分啊！」

驀然想起，對哦！他回北京了。

無妨，等回來再告訴他吧。

我愉悅地對著頭頂上的捕夢網傻笑，然後踩著歡快的腳步從書櫃拿起幾本買了還沒看的小說，心想，終於可以放鬆了。

這個寒假大概是高中以來過得最遊手好閒的一次，除了三天捕魚，兩天曬網做完備審資料外，其餘時間可說是能坐不站，能躺不坐，原本訂定的減肥計畫遂也不攻自破。

很快就迎來了新的學期，一到學校看見班上同學春光滿面，看來寒假時吸收了許多天地精華而不是教科書的墨水臭味。

張文茜和林書榆一看到我就拉著我聊寒假幹了什麼事，沒想到我們每個人都是過著行屍走肉的生活，醒來就是躺在床上滑手機，餓了或想上廁所才下床。

「我還以為你們會過得多有意義呢！沒想到每個人都廢成這樣！」張文茜笑說。

「能有什麼意義？學測結束也只有兩個禮拜的寒假啊！還不如把累積半年的壓力一次釋放掉。」我答。

班導一進教室見我們恢復高二時散漫的樣子，劈頭就問：「自傳寫了沒？還有指考的，現在開始努力還來得及哦！」

聞言，我們忍不住抱頭大叫，還極其沒禮貌地叫班導閉嘴。

新的學期就這麼開始了，此時的我並不知道，新的一波兵荒馬亂又要朝我們襲來了。

開學後幾天，各科老師都在囑咐我們要留心各項升學資訊，也不可以荒廢進度，如果一不小心要去指考就尷尬了。

公布成績前一天，數學老師特別語重心長地對我們說：「拜託，不管明天出來結果如何都不要想不開，我不希望明天還要去樓下放彈簧床。」

頓時哄堂大笑，不少人還開玩笑：「明天一樓見。」惹得數學老師喊不要亂開玩笑。

縱使再不想面對，成績單依舊不會體恤我們，隔天一早在校車上，當我和文胤崴還在打瞌睡時，耳機裡的樂聲戛然而止，手機震動了一下，嚇得我趕緊睜開眼睛，打開手機，是學測公布成績的簡訊。

簡訊預覽只出現了我的准考證號還有「成績為」幾字，看得我緊張萬分，手指頭都在顫抖著，手汗的流了出來。

「幹嘛？」文胤崴見我這副緊張兮兮的樣子，忍不住問。

我的聲音顫抖著，指著手機螢幕答：「學測成績公布了。」

他頓時就醒了，趕緊從書包中拿出手機來看，唯一的訊息居然是某家中醫診所的廣告，他咬牙切齒地說：「是不是大考中心遺忘我了？」

我見他這副模樣忍不住笑了起來，「這是獨厚你吧？」

他嘟噥了幾聲，然後說：「所以妳要看成績了嗎？妳不敢看我就幫妳看囉！」說完便作勢要搶我的手機。

「好啦！我看就是了！」我將手機移得離他遠遠的，然後慎重地解開螢幕鎖屏，點開簡訊。

「怎麼樣？」

文胤崴見我久久不語，緊張地拍拍我的肩膀，我回頭望他，面露喜色，興奮得都要哭出來了，將手機螢幕轉向他，激動地說：「我考七十四級啊！」

他看著我這副模樣，愣了好幾秒，然後如快鏡頭下紀錄綻放的向日葵，綻開燦爛的笑容，「皇天不負苦心人，恭喜妳。」

「我等你的好消息！」我笑說。

學測公布成績的簡訊確實很像死神捎來的信件，沒想到拆開來的瞬間發現居是天使送來的祝福，許你一個錦繡的未來。

公布成績幾家歡樂幾家愁，本就知道自己要指考的吳睿鈞看到學測分數毫不在意地朝大家說：「我從寒假就開始準備指考了！學測可是我的模擬考呢！」

然而不是每個人都像他一樣坦然，不少人一到學校就趴在桌上，不知是在補眠還是偷哭，讓人看得心疼。

平常活潑開朗的張文茜沒有加入我跟林書榆的話題，而是獨自一人坐在座位上看數乙，我和林書榆心裡有底，也不敢上前跟她搭話。

上課鐘聲一響，班導就拿著一大疊紙進教室，看見坐在第一排的楊家晴就請她幫忙發，然後逕自裝好麥克風，朝我們精神喊話：「首先恭喜考得不錯的同學，考得不理想的同學也不要灰心，寒假時不是請你們去查理想校系的分數跟採計科目嗎？現在請你們把這些謄到紙上，下星期一前交，然後我會再請你們一個個來聊天。」

大家拿起手機開始查各自的落點和理想校系分數，我跟林書榆兩人共用一臺手機，查詢各自的大學資訊。

林書榆的總級分不算高，數學和自然都落在均標，然而國、英、社三科均在頂標，雖然商科是比較危險，應該也能上文組不錯的科系。

「我現在在考慮要填政大的外語學院還是低填中字輩或師大。」林書榆苦惱地說。

「不管怎麼填都有利有弊吧！我覺得妳要回去跟爸媽討論一下。」我認真地回答。

她在紙上寫了好幾個志願，從政大到中字輩的文組科系幾乎都能看見，而我的紙上只有兩個志願──臺大財金和臺大經濟。

快要下課時，張文茜才哭喪著臉走到我們旁邊，可憐兮兮地說：「我的手機網路降速了。」聞言，我把手機遞給她，「用我的吧！」

她接過手機，又把它放回桌上，然後抱頭哀號：「我完蛋了！」

張文茜考了五十八級分，算起來還在全校底標。

她一心一意在傳播系上，然而她的爸媽只希望她能上商科，本來就覺得文組沒前途，看見張文茜的志願更是氣得七竅生煙。

於是她決定把志願放在政大傳院，再糟也要上政大中文，最起碼是頂大，她爸媽應該也能接受。

誰知道早上收到成績單會是這樣的結果，張文茜出門前便被父母臭罵了一頓，她爸甚至揚言要把她房間裡的明星週邊全部燒掉。

這下別說是政大傳院了，連中文系都摸不著邊，她爸媽怎麼可能願意送她去輔仁還有世新的大傳系呢？

張文茜越想越無助，一到學校連早餐也沒吃，就伏在案上嚶嚶啜泣起來。

我越聽越心疼，忙拿衛生紙給她，她沒有理會我，逕自忘情地大哭：「真希望我能有個不會管我志願的父母。」

初見這樣慌亂的張文茜，我和林書榆只能侷促地安撫她，嘴裡連句建設性的話都沒有，左一句：「別哭。」右一句：「唉，有什麼好哭的？」

班導注意到了我們這兒的災難現場，立馬過來救火，拉著張文茜就要去辦公室晤談，臨走前她突然轉頭對我說：「對了如瀅，妳知道這次榜首是誰嗎？」

我想都沒想，「還能是誰？蘇墨雨唄！」

班導突然笑了，「居然連妳都不知道，看來全校都會很震驚。是文胤崴啊！」

文胤崴考了翰青榜首的消息不脛而走，轟動全校，今年學測全校出了十二個滿級分的學生，那幾個學生就很無聊地開始比總分排名，沒想到文胤崴以數、自、社三科滿分，國、英選擇題全對險勝蘇墨雨。

某節下課我在飲水機前遇到也在裝水的蕭宇堯，他看見我就說：「沒想到文胤崴就這麼實現夢想了，而且還在最重要的學測上。」

「看來文昌廟的籤很靈，你改天也可以求一下。」我笑。

聞言，他誇張地大叫：「我還求什麼啊？學測都考完了！我可不想指考呢！」

「誰叫你求指考的籤啊？你可以去問個人申請會不會上啊！」

「唉，好朋友盡是一群學霸壓力真的很大啊！」他嘆。

我不置可否，沒有多說什麼。

他喝了口水，然後關上水壺，朝我揮手致意，轉身離去。

學測放榜後第一個升學的重頭戲就是繁星入學，我們班擁有繁星資格的共有十五人，然而真正對繁星有興趣的人一隻手也數得出來。

公布成績沒多久，輔導室就召集全校1％的學生集合，1％有我、蘇墨雨、文胤崴和六班的一個同學以及醫科班兩位、數資班一位、語資班一位，按照常理應該是各自分別填臺、清、交、成、政、陽幾所頂尖大學，然而在翰青這種高手雲集的學校，大家大概都一心在臺大上，只好集合起來確定志願。

我們幾個站在輔導室裡，聽輔導主任絮絮叨叨，看誰有優勢上臺大，結果一面倒向蘇墨雨。

「所以到底找我們來幹嘛啊？」文胤崴在我旁邊嘟噥，我只得無奈地笑笑。

宣布完臺大第一順位為蘇墨雨後，輔導主任問：「其他人有什麼意見嗎？尤其是你，文胤崴，在碎碎念什麼啊？」

文胤崴立馬立正，戰戰兢兢地說：「沒有，這個決定太棒了。」

蘇墨雨見他的反應忍不住笑了，「胤崴考了第一名就開始囂張了。」

文胤崴極其矯情地回答：「還不是墨雨考了太多次第一，囂張了太多次，讓我一登基就有樣學樣。」

我們見他們的對話也忍不住哈哈大笑了起來。

後來決定蘇墨雨填臺大資工，六班的何謙填政大外交，醫科班的劉昊填陽明醫科，其他人去個人申請，畢竟以我們的分數在個人申請上更有利。

集合完畢，主任要我們分別去找２％的同學，正好輔導股長要我去幫忙看班級櫃裡有沒有東西，順道找輔導老師聊聊天，主任就把我排除在找人的行列中。

文胤崴見我這麼閒，便決定跟著我行動，硬是要我陪他一起去找其他班同學，我拗不過他，只好任由他隨著我跟進跟出。

「哎呀！這不是這次文、理組第一的文胤崴、李如瀅同學嗎？」輔導老師一見我們進輔導室就殷勤地喊，我這才想到，這下我跟文胤崴真的完成國中時的願望——稱霸翰青了。

「老師，做人要低調，越飽滿的稻穗垂得越低。」文胤崴擺手，笑說。

聞言，老師大笑：「是誰一考第一名就跟每個任課老師說的？」

我笑得直不起腰，怎麼會有這麼不要臉的人啊？

「啊！對了！文胤崴你上次不是問我一個問題嗎？」老師突然說。

不知為何，文胤崴的眼神突然變得有些慌亂，頻頻轉頭看我。

我不明所以地望他。

「以你的成績申請陸校是綽綽有餘的，而且你也符合臺生身分，可以嘗試看看北大、清華。」

聞言，我瞪大了雙眼，不敢置信老師的話。

第十九章　微光

「以你的成績申請陸校是綽綽有餘的，而且你也符合臺生身分，可以嘗試看看北大、清華。」

我不敢相信自己聽了什麼，轉頭望向文胤崴，只見他有些侷促，不斷迴避我的眼神。

我們不是說好一起上臺大了嗎？

老師仔細地分析，「我覺得你可以先把臺灣的志願填完，然後再去申請陸校，這樣比較保險。」

「嗯，我會考慮看看的。那老師我們先走了哦！」

說完文胤崴就推著我離開輔導室，我想對他說點什麼，正要開口他就說：「我知道妳現在有很多話想說，我們邊走邊慢慢說吧。」

我蹙眉，對，我有很多話想說，你能不能先讓我知道這件事？為什麼突然就改志願了？我們不是約好了嗎？

前往十二班的路上，文胤崴斷斷續續地告訴我這次回北京發生的事。

「我在機場時就稍微對了學測的答案，看到答案幾乎都跟我寫的一樣還嚇到，回北京的時候我的好多親朋好友都來了，以前競賽班的朋友有幾個已經保送北大、清華了，還有好幾個還在跟高考奮鬥，每個人都在跟我說北大、清華有多好，說想念我，我的親戚也一個個告訴我回來北京的話能照顧我，催眠我別選臺大了，回北京吧！我媽跟王叔叔看到我的分數也想要我去嘗試一下，所以我就決定先填北大、清華、上海交大、復旦這幾所學校，要是沒錄取就參加港澳臺聯招。

「總之，我去陸校這件事應該是定了。」

我的心情隨著他的話盪得越來越低，越來越低，而他的眼色也越來越黯淡，暗暗地看了我一眼，才低聲說：「李如瀅，對不起。」

你對不起我的才不只有這件事。

「沒關係。」我反射性地回答，連我自己也不知道自己在說什麼，我的雙唇顫抖著，很努力忍住哭腔，「陸校好啊！你也想家了吧？要是我有這個機會我也會去填陸校，那加油點，說不準就上北大、清華了。」

我笑嘻嘻地，就像隻狐狸，學起《那些回不去的年少時光》的經典臺詞，「你覺得北大好還是清華好？」

他沒有回答我，逕自走著，走到我的跟前，我斂起了笑容，卸下假面，抿起唇，努力忍住淚水。

沒有太多時間能讓我耽溺在文胤崴即將離開的事實，繁星過後個人申請的作業如火如荼地展開，我四處請老師替我寫推薦函，認真地準備備審資料和模擬面試。

除了財金跟經濟外，我也把其他有興趣的幾個商學院科系給填了上去，總算是填滿六個志願。

經過家庭革命後，張文茜決定去指考，根據她的說法，她爸媽說要是她就這樣申請輔仁跟世新的傳播系的話就要斷她金援，世新可是以學費貴出名的學校，更何況是極度燒錢的傳播系？張文茜只好認分地準備指考。

「要是我指考還是只有上輔仁或世新的話，拜託你們金援我啊！」她總算是恢復了元氣，還能笑嘻嘻地朝我跟林書榆開玩笑。

「妳也有點骨氣吧！要就填政大傳院，好歹妳也叫文茜，飽含父母的期待，以後就等妳主持『文茜的世界週報』了！」林書榆誇張地大叫。

「拜託！我的名字是算命先生取的，而且誰知道我出生的時候陳文茜出頭了沒。」張文茜無辜地說。

大家的生活就這麼忙碌了起來。

林書榆決定下填中字輩的商學院，她還填了一個很酷的科系——師大的華語文教學系。徐以恩學測考得不錯，也順利通過了政大會計系的第一階段篩選，公布那天她激動地在公車上對我又摟又抱，惹得旁邊的文胤崴都看不下去了。

而文胤崴除了準備臺大電機的備審資料外，也開始準備陸校申請的東西以及港澳臺聯招的考試，成天忙進忙出，不是在讀書就是在跑流程，每天早上搭校車也不再背單字，而是撐不住笨重的眼皮，補眠。

隨著夏天越來越近，早晨也來得越來越快，偶而能看見清晨的微光穿過玻璃，照在沉眠中的他的眼皮上。

「唔？」似是被陽光打擾了美好的夢境，他發出了一聲夢囈。

坐在窗邊的我伸出手替他遮陽，卻沒有拉上窗簾阻止微光在他臉上恣意作畫，我望著他的瀏海都快要蓋過睫毛了，暗暗地罵他邋遢，卻又為他的疲憊感到心疼。

很快地，這個習以為常的日常也會成為陳年往事的。

我在國中時曾告訴文胤崴，自己很喜歡公路旅行，喜歡看著窗外流轉的景色。他一直記著，無論搭什麼交通工具一定會讓我坐靠窗的位子，他那細微的體貼一直被我記在心底，曾經，我會在心底竊喜，「啊，原來他對我也有點意思吧？」

然而事實卻一次次閃我巴掌——這不過是他出於禮貌，輕如鴻毛的行為。

我輕輕地收下手，可惜的是，不像席慕蓉所說的「華年就此停頓」，唯有熱淚在心中匯成河流。

模擬面試的日子很快就到來了，高三教室頓時充斥著各色套裝，當班上男生穿著襯衫打領帶走進教室時，原本還埋首於數乙講義的吳睿鈞立馬抬頭，大叫：「我靠！嚇死我了，我還想說賣保險的怎麼能進來學校，原來是你們。」

「你他媽才賣保險！指考生注意口德啊！」

聞言，正在換高跟鞋的我忍不住笑出聲來，差點兒就把鞋子拉鍊給扯斷了。

班上女生也紛紛換上皮鞋、高跟鞋，每個人的腳步都歪七扭八的，活像踩高蹺。

我換上媽媽之前送的麂皮高跟鞋，繞了教室一圈，腳步輕盈，跟穿球鞋沒兩樣。

對高跟鞋沒轍而改穿皮鞋的林書榆看到我健步如飛時相當驚詫，「沒想到妳這麼會穿高跟鞋！」

我笑，「天生的。」

「真好，我也好想要有與生俱來就會穿高跟鞋的才能。」她嘆。

我沒有說實話，其實在那次看見杜媽然穿著高跟鞋，摟著文胤崴，歪歪扭扭地走到我面前後，我發了瘋似地在媽媽家練習穿高跟鞋，因為無人攙扶，所以要自立自強，嗑絆了好幾次，跌跌撞撞了好幾輪，終是換來了穩健的腳步。

那是我在這段單戀時光的夢魇，也是我在這段時光唯一的成就。

隨著對面試考古題越來越熟悉，面試的日子也到來了，我在面試前一天就搭火車到媽媽家住，難得可以母女相聚一下。

媽媽煮了一桌好菜，全是我愛吃的，一坐下我就迫不及待地舉箸夾菜，惹得媽媽笑我像餓了一星期了。

「好快，妳就要讀大學了。」媽媽突然感慨地說。

我停下動作，靜靜凝視媽媽的臉，她輕輕笑著，眼角還有細細的笑紋，曾幾何時，她也不再年輕，曾幾何時，在我心裡高大的父母逐漸佝僂。

是啊，我長大了。

隨著年歲過去，我不再是成天纏著父母買玩具的孩子，而我的父母也不再是當年那個氣紅了眼，在所有親戚面前揍我的青年，就這樣日漸老去。

成長最痛即是見父母日漸衰老。

我沒有答腔，低頭扒飯，眼眶忽然有些酸澀。

隔天我們來到臺大校園，走在夢想的椰林大道上，我感到格外興奮，拉著媽媽四處逛逛，來面試搞得像觀光似的。

髒兮兮的醉月湖、百年大樹、美輪美奐的圖書館、在湖岸的樹上休息的大笨鳥……

我像劉姥姥逛大觀園，每看見新鮮的事物就驚嘆。

時間差不多後，我就到商學院大樓等待面試，休息室已經坐滿了面試學生，每個人都神色緊張，不是還在惡補經濟學就是發呆，我盯著門口，等待場內志工叫號。

有幾個學長姊看我們每個人都繃緊神經，便上前跟我們聊天。

坐我旁邊的女生不小心用手肘撞了我一下，然後緊張地朝我道歉，一移動，腿上的資料就散落一地，她趕緊彎下腰撿資料，我也替她撿了幾張紙。

「謝謝妳。」她感激地說。

我笑，「不客氣。」

「我是新竹女中的沈于瑄。」

「我叫李如瀅，翰青高中的。」

她嘆，「要是個人申請沒過，我就要去指考了。感覺這邊的人看起來都好聰明哦！好怕我會被刷下來。」

「不會啦！對自己有點自信。」我拋出廉價的安慰，沒有人知道自己是否會通過，甚至由衷希望自己身邊的同學能被刷下來，給自己保個位子。

可是沈于瑄臉上沒有這樣的神色，而是發自真心地說：「真希望能跟妳變成同學。」

我一愣，然後笑說：「嗯，我也是。」

「請21到25號同學準備。」站在門邊的學長突然說。

我和沈于瑄拿好資料跟著隊伍並肩走出休息室，一到面試場地就看見一臉慈祥的教授，看上去甚至沒有幫忙模擬面試的高中老師嚴厲。

整場面試相當順利，我一氣呵成地自我介紹，而教授提問的「人口紅利」等問題均是我有準備的，面試過了一半的時間，我也越來越有自信。

「如瀅，妳在備審資料裡提到妳喜歡寫作，對萬物有所感知，能不能用一種顏色來形容自己？」教授突然拋過來這個問題。

我想了好半晌，忽然想起每日清晨照在文胤崴臉上的微光，張口答：

「我認為自己是白色的，我是個複雜的人，隨和卻執拗，看似樂觀其實偶而也會陷入負面的深淵，看似單純其實心底藏了許多祕密。白色之所以是白色就是因為反射了各色的光芒，複雜而純粹，我自知自己是複雜的，但期勉自己能永保那份純粹，那份真心，所以我認為自己是白色的。」

我堅定地說。

教授笑了，輕聲說：「妳的眼神會發光。」

我一楞。

他沒有解釋剛才是什麼意思，只是說：「好了，我沒有問題了。」

面試就這麼結束了，出教室後沈于瑄朝我說：「天哪！我的腿還在抖！」

「都結束了，別怕！」我說。

「不過如瀅妳剛才真的很帥，感覺一定會上！」她突然說。

我笑，「還好啦！迎新見。」

聞言，她馬上就面露喜色，直說「好」。

真是個可愛的女孩。

我和她告別，然後回到圖書館要跟媽媽會合。

去圖書館的路上，我的手機震了一下，打開手機看見滿滿都是未讀訊息，而最新一則是文胤崴的訊息。

「如何？」只有兩個字卻讓我感到心底一暖。

我打下：「嗯，還不錯。」

「那就好。」

我關上手機，嘴角不住上揚。

李如瀅，妳也太容易滿足了吧？

時光飛逝，轉眼就到了初夏，個人申請放榜的日子就這麼到來了。

大家早上八點就通通都在不斷刷新大學入學委員會的網站，唯恐自己不幸落馬，數學老師也准許我們上課用手機查，連準備指考的同學也戰戰兢兢的。

「啊！我上了！」陳致揚大叫，班上的目光頓時聚焦在他身上，數學老師也問：「上哪？」

「臺北大學英文系。」

他剛說完，教室另一頭又傳來了歡呼聲，班上頓時充斥著各種聲音，歡呼、懊惱地大喊要去指考了。

我再次刷新螢幕，重新輸入自己的資訊，畫面載入了好幾十秒，好像有隻蝴蝶在我的胃裡擾動，我不住地緊張起來。

畫面終於轉到個人榜單，大大的「錄取國立臺灣大學財務金融學系」映入眼簾。

鄰座的林書榆拍拍我的桌子，笑嘻嘻地問：「如瀅，結果如何？」

我難忍興奮的情緒，拉著她的手就說：「我錄取臺大財金啦！」

林書榆錄取師大華語文教學系，看來以後要往海外發展了。

徐以恩驗證了「皇天不負苦心人」這句話，順利錄取她的第一志願，第一節下課她就打電話過來給我，語氣是掩不住的雀躍，「我錄取政大會計了！以後就是臺北好夥伴了！」

文胤崴通過了臺大電機的面試，正取五，他現在一心掛著北大、清華、復旦等大陸名校，於是沒有將臺灣的志願呈上去。

原以為還很遠的大學生活近在眼前，轉眼六月就要畢業。

手拉著手跨過高中歲月的我們就要各自朝著不同的未來，分道揚鑣了。

我以為收到臺大的錄取通知書的我會是歡快的，然而在拆開信封的那瞬間，比起歡喜更先到來的情緒竟是空虛，就這麼鳩佔鵲巢，不留餘地。

文胤崴，我們要說再見了。

第二十章　流淌在時光的洪流

文阿姨一直惦記著學測前的約定，一聽到我錄取臺大財金後就跟我爸、王叔叔討論去日月潭旅遊的事。

於是我們趁著文胤崴去大陸各校面試前實現這個約定。

夏天的腳步悄然到來，陽光越來越毒辣，我們趁著清晨太陽還不大的時候出門，踏上期待已久的公路旅程。

王叔叔和爸爸坐在前座輪流開車，而我、文胤崴和文阿姨則坐在後座。

「你們不覺得旅行應該要配音樂嗎？」文阿姨突然提議。

「當然好哇！」我喊，然後打開手機播EXO的新歌〈Call Me Baby〉，跟著手足舞蹈了起來。

文胤崴一聽見這首歌就皺眉，湊過來看歌名，忍不住問：「所以這首歌是叫『叫我寶貝』還是『打電話給我寶貝』？」

聞言，我忍不住捧腹大笑，「不不不，它的中文歌名叫做〈叫我〉。」

「啊？寶貝跑哪去了？」他一臉狐疑地問。

爸爸突然轉頭對我們說：「寶貝？寶貝跟人跑了吧！」

他的一番話惹得我們哈哈大笑，他也相當得意於自己講了一個不錯的笑話，發現正在開車的王叔叔也笑得直不起腰時便著急地喊：「喂！冷靜點！不然等一下就樂極生悲了！」

後來我又播了好幾首歌，比如Super Junior的〈This Is Love〉還有SHINee的〈姐姐妳太美了〉、少女時代的〈再次相逢的世界〉，惹得文胤崴受不了，大喊：「別播韓文歌了！妳讓我想起高二為了運動會進場我跳了幾百次的〈咆哮〉。」

應觀眾要求，我立馬將〈再次相逢的世界〉關掉，改播〈咆哮〉。

文胤崴抱頭大叫：「不要再『餓了龍』啊！」

他一把搶過我的手機，改播Adele的歌，一臉享受地跟著哼了起來。

「你到底多愛Adele啊？」我忍不住問。

不等文胤崴回答，文阿姨就說：「如瀅妳這就有所不知了，我們家胤崴每天洗澡都會在浴室唱她的歌，唱到我的耳朵好疼啊！」

聞言，文胤崴的臉頓時就紅了，焦急地大喊：「媽妳不要汙人清白啊！」

想到文胤崴一邊沖澡一邊大唱〈Rolling in the Deep〉，高音唱不上去還破音的畫面我就笑得腹肌都要出來了。

全車頓時瀰漫著歡快的空氣，好不美好。

到達日月潭時已日上三竿，熱得不得了，日月潭擠滿了遊客，我瞬間想起了〈晚遊六橋待月記〉中袁宏道寫的西湖人潮「歌吹為風，粉汗為雨，羅紈之盛，多於堤畔之草。」沒想到日月潭也有這樣的盛況。

文胤崴像個初見世面的孩子，看見日月潭就拉著我到岸邊指著湖就說：「北邊是日潭，南邊是月潭。」

我有些驚詫，「你怎麼對日月潭這麼熟？」

他笑說：「我們小學二年級的課文，小學語文課的東西我都忘得差不多了，唯獨記得這篇，想著以後一定要去見識看看日月潭多美。」

難怪旁邊全都是陸客。

我問：「那你現在滿意嗎？」

他用力地頷首，「小學的夢想實現了。」

我笑，「不就是個人工湖嗎？我以後還想去看三峽大壩呢！」

他轉頭對我笑，「以後我們再一起去吧！」

我頓時語塞，明知他只是隨口說說，卻還是想要較真，李如瀅，妳在執著什麼？

我揚起苦澀的笑容，「再說吧！」

誰知道你能不能兌現呢？

我們在岸邊買了據說每來必吃的茶葉蛋，也為了消暑買了冰淇淋，然而天氣太熱了，還沒吃完冰就融化了，害我的手都黏黏的，惹得文胤崴笑我吃相難看。

我們後來買了船票搭船遊湖，船上景致果然一絕，我拿起手機拍了好幾張照片，並且在照片底下認認真真地註明心情、天氣、感受，唯恐回到家後遺忘了這時的感動，寫不出一篇值得一再回憶的日記。

「日月潭真的好美。」文阿姨讚嘆。

王叔叔摟著她的肩膀，笑說：「喜歡嗎？以後想來我就帶妳來。」

聞言，我回頭對面如死灰的爸爸說：「爸，以後你想去哪我都帶你去。」

大家被我的話逗得哈哈大笑，爸爸煞有介事地抹抹眼眶，假哭，「嗚嗚嗚，誰需要老婆啊？有女兒就夠了！」

雖然我覺得這個次序好像哪裡怪怪的。

文胤崴見我們都有所歸依了，只好故作可憐地說：「我、我靠自己就好。」

我們兩家人哈哈大笑，我並不喜歡去人擠人的地方，但是此時此刻，我澈底愛上了這種感覺，並且希望，日月潭湖水能一直流淌在記憶洪流中。

晚上我們到了附近的民宿落腳，從房間窗戶能看見日月潭的夜景，確實美不勝收。

民宿主人為我們準備了一桌好菜，一到民宿就能聞到飯菜香，令人口水直流。

待我們入座後，主人招呼了幾句，提醒一些注意事項後就退下了。

當我伸手去夾鳳梨蝦球時，王叔叔突然開口：「恭喜如瀅錄取臺大財金系！」

大家呱嘰呱嘰地鼓掌，嚇得我手就這樣懸在空中，傻傻看著他們。

「謝謝王叔叔、文阿姨、文胤崴，特別感謝我爸，養我育我這麼多年。」我格外誠懇地說，說到我爸養我育我那麼多年時還有些哽咽，險些說不出話來。

爸爸見我一副要哭了的樣子，趕緊拍拍我的肩膀，笑說：「如瀅小時候真的是惡魔，皮得不得了，好幾次我都想要掐死她，呃……我開玩笑的，你們不要打113啊！」

聞言，我輕聲笑了出來。

「這孩子真的越長越穩重，只是太早熟了，什麼煩惱都不跟我還有她媽說，好多時候我都覺得對不起她，不忍心看她把煩惱通通往肚裡吞，可是這孩子就是這樣，什麼話都不說，喜歡把事情往肩上攬。說實話，如瀅去臺北後我一定會很孤單，想到以後要獨自生活就感到很孤單，可是我知道，她長大了，我必須放手讓她去飛。等到有天，她也會成家，她也會立業，她會離我記憶中那個頑皮的小傢伙越來越遠。」

爸爸頓了下，我早已淚流滿面，泣不成聲。

他輕輕攬過我的肩膀，露出慈祥的笑容，「儘管如此，如瀅永遠都會是爸爸心裏那個長不大的小孩，我最驕傲的女兒。」

我情不自禁地撲進爸爸的懷裡，像個小孩一樣大哭起來。

對面的文阿姨也忍不住哭了起來，而王叔叔這時也開口：「我也有話想跟胤崴說。」

目光頓時聚焦在他身上，他轉頭望向正殷切注視著他的文胤崴，就像我爸一樣，眼底充滿慈愛，說：「其實我一開始很害怕面對胤崴，在初次見面時我不斷想像你的模樣，會不會看到我就發脾氣，像連續劇裡面的繼子一樣難相處——還好第一次見面就打臉了，胤崴是個特別有禮貌的孩子，很努力地去親近我，又聰明又懂事，真的是我理想中的兒子的模樣。有時我甚至懷疑，胤崴是不是只是在壓抑自己，為了我跟文靜的幸福而犧牲自己？」

文胤崴想張口辯駁，還沒開口王叔叔就繼續說：「其實啊，胤崴，叔叔真的把你當成親生兒子了，好多時候看到你徹夜苦讀都很心疼。記得你每次報備學校的事時總會提到兩個朋友——蘇墨雨跟蕭堯，你總說自己文科比不過蘇墨雨，化學跟體育比不過蕭堯，你是個好勝的孩子，看見你學測考上翰青狀元真的很替你高興，只是，凡事不用都去較勁，這樣太辛苦了。

「你要回大陸，無論是媽媽還是我都很捨不得，畢竟朝夕相處了三年，可是我們知道這對你才是好的，你填的志願都是很好的學校，一定能給你更多的資源去一展長才，孤單的時候就想想臺灣，想想在臺灣的我們吧！你是我心中，最了不起的兒子。」

原本一直低著頭的文胤崴忽然抬頭，忽然一滴淚水就這麼從眼眶流下來，這是我第一次看見他哭泣，不知道他到底壓抑了多久，才能將一切怨懟化為這滴淚水。

他低聲說：「爸，謝謝你。」

聲音細如蚊蚋，字句卻擲地有聲。

王叔叔不敢置信地盯著他，「你剛叫我什麼？」

文胤崴露出寬和的笑容，淚水隨著他上揚的嘴角奪眶而出，「其實我也對爸爸這個角色有陰影，我也很怕你會不喜歡我，所以很努力地扮好『好孩子』這個角色，可是你跟我的生父不一樣，不只對我媽不離不棄，也對我這個拖油瓶釋出無限的愛，我在你身上初次體會到父愛，我也常想，這個幸福是不是來得太倉促了一點？也許有天媽媽不在家時你就會虐待我之類的。」

聞言，王叔叔笑了。

「可是你沒有，你知道我對電機有興趣，就教了我很多你們公司那兒跟資訊有關的知識，每天的問候，還有像真正父子的笑鬧，各種指標都告訴我，這個人是真心對我好的，他是愛我的。

「最令我印象深刻的是去年我媽回北京，那時我很害怕尷尬所以才會晚歸，可是我沒想到，你居然就這麼等我等了一整晚，當我轉頭看你的時候，你依舊是這副慈祥的模樣，我那時覺得很慚愧，很慚愧。

「如果可以的話，我真想堂堂正正地叫你一聲『爸』，讓這個詞彙重新覆上你的色彩，讓我對所謂的『父親』重新拾起信心。」

王叔叔一臉呆滯地看著他，眼眶泛紅，認識這麼多年，我第一次看這位老鄰居露出這樣的表情，他摸摸文胤崴的頭，像是真正的父親，慈愛地說：「傻孩子，你想叫什麼就叫什麼吧！」

「爸。」文胤崴破涕為笑，朝王叔叔喊。

「胤崴。」王叔叔笑。

「我愛你。」

王叔叔搭著文胤崴的肩膀，忽然像個孩子一樣倒在他的肩窩嚶嚶啜泣，旁邊的文阿姨早已泣不成聲，緊緊地抱住她的兩個摯愛，她的丈夫與兒子。

我望著眼前溫馨的景象不禁動容。

王叔叔的愛像是暖陽，讓文胤崴那顆敏感的心卸下了鎧甲，我總想，這兩人就像真正的父子一樣，而此時此刻，我要收回先前的話。

——他們就是真正的父子。

洗完澡後，我聽說從門口望出去的景色更是一絕，就套上薄外套出門去看風景。

果然美不勝收，天邊一輪圓月映在平靜的日月潭上，我頓時明白為何醉酒的李白要去撈月了，因為太美了，不忍它只存在於記憶裡，想要永久地保存起來，硬是要它留在自己身邊，遂留下這留名青史的故事給後人評論。

你說李白傻嗎？

確實，我也覺得他真傻了，不過是一個觸不到的東西而已，為何要妄想摘月呢？殊不知，其實我也如他一樣，妄想了一個遙不可及的人整整三年，說起來，我甚至比李白還傻呢！

「李如瀅。」

突然聽見文胤崴的叫喚聲，我轉頭望他，看見他身著乾淨的白色T-shirt，一塵不染的像朵池塘裡的蓮花朝我走近。

「聽說這裡看過去很美，沒想到居然會美成這樣。」他說，然後走到我的身旁坐了下來。他的氣息瞬間就竄入我的鼻腔，衣服上還殘留著洗衣粉的味道，清爽而不致反胃。

「今天真的很開心。」他說。

我答：「嗯。」

「還好日月潭真如課本裡寫的那麼漂亮，不然我一定會很失望。」他笑說。

「只是人多了一點，不然我想這裏一定會更美。」我有些失望地說：「但因為是跟你們出來，無論如何我都會感到高興。」

他沒有答腔，只是靜靜地望著前方景致。

你能聽懂我的言下之意嗎？

「恭喜你，苦盡甘來了。」我沒話找話聊，誰知道一開口就是我最在意的事。

只見他輕笑，總感覺有些輕蔑。

「妳真相信苦盡甘來這種鬼話啊？」

不知怎地，我總感覺這句話飽含著不屑與憐憫，我望著他，慍怒在心底不斷發酵。

我望著他，憤怒而心痛，卻還是笑著，我都懷疑自己是不是瘋了。

「苦盡甘來不過是讓人的努力看起來沒那麼可笑，假裝一切努力到頭來不是一場空。」我說，卻連自己都覺得相信著苦盡甘來的自己很可笑。

文胤崴的眼神充滿了憐憫，我怕再多望幾眼，眼淚就要奪眶而出。

「李如瀅。」過了良久，他突然喚我。

「嗯？」

「妳真的不介意我回大陸嗎？」他問。

我被這個問題給嚇著了，能不介意嗎？我多想你留在臺灣，跟著我上臺大，你知道嗎？我夢想中的椰林大道要有你的身影啊！

然而我還是揚起笑容，「不介意。」

李如瀅妳這個騙子。

聞言，他像是鬆了一口氣，放寬心說：「其實我真的不敢讓妳知道要回去念書的事，明明就是我開口跟妳約好要去臺大的，憑什麼毀約？這樣算什麼男人啊？那時意外讓妳知道的時候我超慌的，一度不知道該怎麼面對妳。幸好，幸好妳不介意。」

什麼叫幸好我不介意？其實我很介意，介意得不得了。

我試圖平靜自己的語調，「就像我說過的，要是有機會我也想去陸校闖闖看，你很幸運，在大考考出了接近完美的分數，還剛好符合臺生身分，在大陸也不愁沒地方住。我能介意什麼？我說什麼也無法、也不能挽留你，你就要出人頭地了，能因為一點兒女情長捨棄前途嗎？」

我不是美人，而你也不愛我，所以你不可能會為了我而棄整片江山的。

他愣了良久，才低聲說：「李如瀅，對不起。」

不要道歉。

我用手撐住頭，不去看他。

「有點冷了，你先回去房間吧！我想自己待著一會。」我說。

他「嗯」一聲，「也不早了，妳早點休息吧！」接著就起身離去。

「文胤崴。」不知哪根筋不對，我禁不起想要挽留他的渴望，忍不住喚他。

腳步聲頓時就停住了，旋即而來的是他的聲音。

「怎麼了？」

我就這麼愣住，想了許久的說詞，最後還是轉頭望他，扯出一個比哭還要醜的笑容，縱使心中波濤洶湧，我還是沒有勇氣說出口。

「沒事，就只是想叫你。」

他望著我，不置可否，「嗯，早點休息。」

說完便轉身離去，這回大概是真正的遠去了。

感覺他走遠後，我把頭埋進膝蓋間，低低地說：「你就不能不走嗎？」

眼淚一滴一滴地落下了。

文胤崴果然沒有回來，不會因為我的一句挽留而佇足。

李如瀅，別傻了，他不會停下來的。

我把頭埋得更深了，用力地痛哭。

別走，文胤崴，拜託你別走。

求你了。

就這一次就好，拜託你不要毀約。

拜託，讓我還有機會繼續喜歡你。

第二十一章　我不怪你，因為我喜歡你

六月薰風吹起，離別的季節到來，轉眼三年就過去了，原以為遙不可及的畢業典禮現在近在眼前。

班上女生約好畢業典禮早上要一起吃早餐，當作「最後的早餐」，於是我早早就到學校前的早餐店，看到替我們占好位子的薛曉萍便走進早餐店對她打招呼。

「如瀅還真早來。」薛曉萍笑說。

我放下書包，朝她說：「怕妳等太久啊！」

「妳人太好了吧！其他幾個傢伙居然忍心讓我等那麼久！」

我們隨口談天說地起來，她指著我的制服問：「妳的制服也太乾淨了吧！我昨天為了畢業典禮，整晚都在燙制服。」

聞言，我低頭看下自己的制服，三年前還潔白的制服現在已經有些發黃，我想起新生報到時剛拿到制服的時候，我緊緊地把它抱在懷中，愛不釋手，心想著，這會是個美好的開始，我的高中生活一定會精采絕倫。

文胤崴看見我這麼愛惜自己的制服時忍不住笑：「等到以後妳一定會穿到不想再穿的！」

跟著我們一起去報到的文阿姨要我們倆穿著制服站在校門口合照，我們倆換上沒有繡學號的制服，乾淨的白襯衫上只有「翰青高中」四字還有旁邊代表一年級的一條槓，兩個人興沖沖地站在校碑旁舉著剪刀手拍了一張又一張的照片。

那時，文胤崴還特別臭屁地說：「嗯，這就是咱倆要稱王的地方。」

如今，我的制服依舊平整，卻仍是不敵時光，無可避免地褪色，校名旁也不再是代表無知的新鮮人的一條槓，多出的兩條槓意味著我們的成熟與和這承載著夢想的地方告別倒數。

不久後，林書榆、劉亭容、楊家晴也到了，唯獨張文茜姍姍來遲。

「等一下一定要叫文茜請客，居然敢讓我們等！」林書榆憤憤地說。

「別這樣嘛！人家文茜搞不好昨天還在挑燈夜讀，等一下如果她臉上有黑眼圈真的要原諒她。」劉亭容體貼地說。

張文茜現在有多努力我們都知道，一眾學測就上的人上課都在打混，而張文茜則上課從不睡覺，每門課都認認真真地做筆記。

話才剛說完，張文茜就推開早餐店的門，急匆匆地奔到我們面前，一開口就惹得我們哈哈大笑：「抱歉！早上起床時發現我的眼袋太重了，所以就化妝遮瑕一下，沒想到這一下過得這麼快，呵呵。」

最後那聲「呵呵」堪稱一絕。

我們幾個笑得東倒西歪，直說：「不管！妳要請客！」

「好嘛！我請客就是了。」

張文茜果真沒有失約，確實請客了，只是她請的是隔壁便利商店的養樂多，我們忍不住哇哇大叫，最後還是沒轍，只好幾個人站在便利商店門口，舉起養樂多喊「乾杯」，一口飲盡。

別人都是喝啤酒告別青春吧？而我們只能用最窮酸的方式，向我們的青春、友誼致敬。

「再見了我的青春！」張文茜舉著養樂多空瓶，沒害沒臊地大喊，惹得旁邊路人都忍不住瞄了我們幾眼。

我們急忙摀住她的嘴，罵：「白癡哦！不要讓別人覺得翰青的都讀書讀到神經病了好不好？」

楊家晴突然扳過我們的手，笑說：「算了，我們不用管破壞校譽會被記大過了，盡情喊吧！」

聞言，我們忍不住哈哈大笑，一群人沒害沒臊地喊：「去你的段考教不完！」

「致我的青春還有永遠都算不出來的排列組合！」劉亭容喊。

「我再也不用解log了！偉哉我華語文教學系！」林書榆舉起養樂多瓶子喊。

我也跟著喊：「再見！我的五個神經病朋友！」

我們幾個並肩走進校園，到達教室時每個人的桌上已經擺好了胸花，我迫不及待地別上它，然後拿出手機打開自拍模式看有沒有別歪。

當我調整好位子時，吳睿鈞突然朝我喊：「李如瀅！外找！」

我轉頭望向前門，居然是文胤崴和蘇墨雨。

文胤崴昨天才從上海面試回來，臉上略帶倦容，眼神卻依舊精神。

「你們找我幹嘛？」我走出教室門，朝他們問。

文胤崴手上拿著畢業紀念冊，遞給我，翻開最後一頁空白，笑嘻嘻地說：「當然是要請我們李如三姑娘簽名啊！」

「你不會等回家再給我簽啊？」我接過畢業紀念冊，碎唸，卻還是認認真真地想要寫些什麼。

「我們班晚上要謝師宴。」蘇墨雨替他回答。

我頷首，突然想到可以寫什麼，拿出手機開始查翻譯。

「妳要寫什麼啊？怎麼還要查？」文胤崴湊過來看，我立馬關上手機，不讓他發現我要寫什麼。

「等一下就知道了。」我笑說，然後接過他手上的油性筆，認認真真地寫下：

C'est le temps que tu a perdu pour ta rose qui fait ta rose si importante.

你在玫瑰身上所花費的時間讓你的玫瑰花變得如此重要。

我沒有署名，就是希望能以此讓他覺得自己有那麼一點點特別，只要在他這漫長的青春歲月中，我能有一瞬的燦爛，一下子就夠了。

一下子就夠我回味無窮，就不用怕心魔又竄入夢裡，就不用回首一直望淹沒在人海裡的人。

他接過畢業紀念冊，看到我只寫這麼幾個字，忍不住皺眉，「我以為妳會寫很多，結果居然只寫了這麼點字，而且妳當我看得懂法文啊？」

我笑，將筆遞給他，「那你就要回去查啊！」

回去查，然後察覺我的心意吧！

「李如瀅，這個給妳。」蘇墨雨突然把一個信封遞給我，我不明所以地接過，詫異地盯著他，他莞爾一笑，然後湊近我身旁，低聲說：「這個送妳，某人跟我說你們很配。」

聞言，我杏眼圓瞪，想要開口問：「跟誰配啊？」卻怎麼也開不了口，因為我心底是明白他在說什麼的，我感激地看著他，視線逐漸朦朧了起來。

「那我們先走了哦！還有很多人沒簽。」文胤崴笑嘻嘻地朝我告別，而蘇墨雨也露出微笑，用氣音對我說：「加油。」

我朝他們揮手告別，然後逕自回到座位上，拆開蘇墨雨的信，是我和文胤崴坐在操場邊聊天的照片，看起來好像是高二的運動會，我們沒有發覺鏡頭，自顧自地談天說地，兩人嘴角都噙著笑，我連當時聊了什麼都忘了，卻能從照片中看出自己的眼神中的愛意。

突然想起，啊，我忘記給文胤崴簽名了。

無妨，晚上還有機會簽的。

我輕輕拂過照片中文胤崴的笑臉，就像在觸摸珍寶，漾起了甜蜜的笑容，蘇墨雨，還有那個不知道是誰，祝福我的人，謝謝你們，謝謝你們願意替我記錄下這個晦澀的單戀回憶。

畢業典禮於下午開始，我原以為這次畢業典禮會像國中、小時一樣，一群人哭成一團，沒想到畢聯會居然把活動設計得非常有趣，不只頒獎音樂選得妙，比如服務獎就播〈感恩的心〉，就連畢業生代表也很逗趣，居然在全校面前學各個老師的口頭禪。

「同學過來！這張愛校單先簽一簽！」

「叫你讀書不讀書，奇裝異服，當你們來選美的？」

兩個致詞代表一搭一唱，模仿起學務主任還有教官，還真有幾分神似，惹得臺下的我們笑得直不起腰，歡呼連連。

原以為畢業典禮會在歡笑聲中結束，直到畢業歌製作團隊上臺，主唱拿起麥克風，朝全校學生說：「高中三年過得太快了，國中拚了命考上翰青，總想要有什麼成就，沒想到到現在我還是一事無成。可是我心底還是有團火在燃燒著，你們還記得初衷嗎？希望能用這首歌，喚起你們心中最純粹的三年，翰青的各位，畢業快樂。」

畢業歌的鋼琴聲響起，立時就有同學落淚，旁邊的林書榆早已淚流滿面，我輕輕握住她的手，希望能以此安慰她，聽著聽著，沒想到連自己都熱淚盈眶了。

我忽然想起了那個挑燈夜讀的女孩；那個和她心儀的男孩站在紅榜前笑說：「下次我一定會贏過你。」的女孩；那個盯著數學成績苦惱要選哪個類組的女孩；那個在朋友笑鬧時，驀然感到寂寞的女孩；那個在男孩面前，笑得像狐狸的女孩；那個在運動會時，因為心儀的男孩勝利而慷慨激昂的女孩；那個在雨中盯著心儀的男孩摟著另一個女孩漸行漸遠，泫然淚下的女孩；那個認認真真地寫日記的女孩；那個為了桂圓蛋糕而四處奔波的女孩；那個在摩天輪上推開心儀的男孩的女孩；那個為了和男孩上同一所大學而努力的女孩；那個一筆一劃認真寫下「絕對錄取臺大電機系」的女孩；那個在民宿前哭著說：「不要走。」的女孩；那個懷著少女心思寫下畢業留言，期盼能被理解的女孩……

回憶奔騰，模糊了視線。

「唱校歌。」

校歌響起，我們大聲地唱起翰青的校歌，為了這最後一次的合唱，獻出最真摯的歌聲，眼淚不知不覺就掉下來了。

「禮成，奏樂。」

各個典禮必備的音樂響起，我盯著帷幕上大大的「國立翰青高級中學第八十一屆畢業典禮」幾個字，嘴角忍不住上揚。

畢業快樂，李如瀅。

畢業快樂，翰青高中。

畢業典禮結束後是導師時間，班導拎著一個大袋子走進教室，笑嘻嘻地說：「要來發畢業證書還有三年成績單啦！」

聽見「三年成績單」就有同學抱頭大叫，惹得一陣哄堂大笑。

「努力了三年就是等這張畢業證書嘛！肄業的同學麻煩也快點去補修，不然你們就只有成績單哦！」

「吳睿鈞。」班導一個個叫號過去領畢業證書，吳睿鈞立馬起身到講桌前，忽然一陣驚呼：「這是什麼啊？」

只見班導笑嘻嘻地拿起一張護貝過的獎狀，說：「我給大家都寫了信，給大家頒獎，這些都是你們過去兩年拿的秩序、整潔獎狀，我還怕不夠寫，打算不給太吵的人，還好你們一直都表現得不錯，獎狀有夠。」

我們被班導的細心給嚇到了，望著班導笑臉盈盈，我忽然好慶幸自己選了社會組，才能遇到這麼好的導師。

每個人過去拿時都抱了班導一下，好幾個女生大哭了起來，班導見狀，緊緊地抱住他們，輕拍他們的背，就像母親在安撫孩子一樣，「沒事的，別哭了。」

「李如瀅。」

班導喚我的名字，我立馬走到臺前，接過畢業證書還有獎狀，翻過背面，淚水忽然像壞掉的水龍頭一樣，怎麼也止不住。

如瀅：

感謝妳總是在任何事上盡心盡力，對自己的人生盡責，訂下目標就永不遲疑，老師對妳向來是放心的。成長的過程中難免會有挫折，不要怕，更不要糾結，擦乾眼淚，望向前方，將永遠有一道屬於妳的亮光，在等著妳走過去，加油！祝福妳時常保有「勇氣、毅力」來面對一切挑戰。

305導師　宜庭　2015.6.10於翰青高中

我哭成了淚人兒，班導見我哭得這麼誇張，趕緊抱住我，「我還以為妳不會哭呢！」

我忍不住笑了，又哭又笑的像個白癡。

「如瀅，去臺大加油，想念高中時隨時可以回來，回來看看老師，老師以後會跟學弟妹炫耀自己有一個很棒的學生叫李如瀅的。」

我頷首，揚起微笑，輕輕地說：「我好感謝能遇見妳。」

聞言，班導摸了我的頭一下，笑說：「畢業快樂。」

等到發完全班的畢業證書後，班導拿起麥克風，說：「這是最後一次在這間教室了呢！接下你們導師時，我真的很擔心你們不認真，成天只知道談戀愛、玩社團，而且不是我要說，你們一開始真的有夠不團結。」

說到此，大家忍不住哈哈大笑，想起剛進來一團又一團的小團體，實在難以想像現在的團結。

「可是後來你們真的變了，在任何活動上都盡心盡力，好像不讓全校知道我們五班厲害不行。雖然你們有時候皮到我想破口大罵，但是不得不說，你們是群讓我驕傲的孩子。

「畢業快樂，我不祝你們一帆風順，這樣的人生太無聊了，願你們懷著一顆溫暖的心，回饋社會，我也能安心地告訴自己不負韶華了。」

語畢，全班歡聲雷動，為我們即將劃上句點的高中生涯喝采。

我們到教室後頭集合，拿著畢業證書，朝攝影機漾起大大的笑容，願似水流年能留在一幀相片裡，歷久彌新。

拍完照後，林書榆忍不住大哭了起來，抱住我跟張文茜，哭喊著：「我真的好高興能遇見你們。」

我想起了和張文茜、林書榆兩年的經歷，他們總是那麼熱烈，在這百花爭鳴的青春花季綻放，他們總是那麼坦率，坦然將自己的心結說出來，讓我們這群朋友一同想辦法面對。

我感謝他們能成為在我的青春中，陪我嬉鬧的角色，縱使自始至終，我從未將自己心底的祕密告訴他們，這並不代表他們對我而言不重要。

感謝你們，我的朋友。

我環抱她，輕輕地說：「謝謝你們成為我的朋友。」

噹——噹——

鐘聲響起，意味著我們將要離開校園，展開嶄新的旅途，當我收拾書包時，突然聽見一聲溫婉的女聲，喚：「如瀅。」

我轉頭一看，竟是文阿姨捧著一束花，在教室外頭喊我。

我趕緊背上書包，到外頭找她，愣愣地說：「阿姨你也來啦？」

她把花束遞給我，笑臉盈盈，頰邊還有小小的梨渦，「新生報到不是也陪你們來了嗎？要有始有終啊！」

我接過花束，滿天星的清香撲鼻而來，就像文阿姨的溫暖，朝我襲來。

「走吧！去接我的笨兒子，然後去拍照吧！」她拉住我的手，走向七班教室。

七班正在吵等一下謝師宴的事，鬧騰得不得了，文胤崴站在人群中央，主持這次的談話，看來神采奕奕，即使沒入人群依舊光芒萬丈。

「文胤崴！」

文阿姨喊，文胤崴頓時轉頭望向我們，發現我們的存在後便轉頭跟同學說「等一下」，然後趕緊出教室門找我們。

「媽，妳怎麼來了？」他詫異地問。

聞言，文阿姨咯咯笑了起來，「怎麼你們倆看到我就問這個？怎樣？我不能來嗎？」

「可以，當然可以！」文胤崴侷促地喊。

我們忍不住笑了起來。

文阿姨把手中的花束遞給文胤崴，笑說：「兒子，畢業快樂！」

他接過花束，表情依舊呆滯，似是被嚇到了。

「走吧！我們要有始有終，第一天來這裡拍照了，離開也要拍一下啊！」她拉著我們兩個就走，就像當年新生報到時，拉著我們去校門口拍照。

到達門口後，校碑那兒擠滿了拍照的學生，我們排了許久才有個位子能夠照相留念。

「你們再笑得燦爛點！畢業是件快樂的事啊！」文阿姨舉著相機朝我們喊。

聞言，我和文胤崴漾起燦爛的笑容，告別青春本就該笑眼面對。

拍了好幾張照片後，文阿姨招手要我們到她身旁，讓下一批人拍照。

她將拍好的相片給我們看，陽光正好照亮了校碑上「國立翰青高中」六字，照亮了我和文胤崴的笑容。

「等回去之後我再洗出來給你們，拍得不錯吧！」文阿姨笑，就像平常文胤崴得瑟的樣子。

我笑說：「謝謝。」

「啊！時間不早了！媽，我先回教室了，今天會晚點回家。」文胤崴低頭看一下手錶，然後朝我們說：「我先走了，掰掰！」

我們朝他揮手告別，然後他就轉身，急匆匆地奔入熙來攘往的人群中，我靜靜望著他，直到再也看不見為止。

「那如瀅，我們回家吧！」文阿姨拉著我就走，我依依不捨地望著翰青高中灰白的大門，無聲地吶喊：

再見，翰青高中！

再見，我的青春！

發動車子後，文阿姨問我：「如瀅，今天怎麼樣？」

我無奈地笑笑：「哭得很慘。」

「真的啊？看不出來妳會哭得這麼兇。」她詫異地說。

我不置可否，只好乾笑。

一路上，我們有一搭沒一搭地聊著，看見外頭忽然飄起毛毛細雨，文阿姨忍不住說：「糟糕，文胤崴好像沒帶傘。」

我看著外頭的細雨，忍不住多情地想，就連老天爺也不捨我們的分別嗎？

「如瀅，我真的很感謝能當妳的鄰居，有個這麼好的女孩給胤崴作伴，我一開始還很害怕他來這裡會孤單，幸好有妳這樣體貼的女孩一直陪在他身邊，我還記得他第一天去國中，回來就很開心地跟我說：『我要跟隔壁的李如瀅一起去翰青高中。』」

聞言，我的心像是被堵住了一樣，悶得受不了。

「他老是跟我提到妳，偶而跟我奚落妳成績輸他一點，呃……這妳別介意啊！我都有修理他的！他提起妳時總是笑嘻嘻的，我很慶幸，他能在異鄉交到這麼好的朋友。」

她逕自喃喃：「要是這孩子不在了，我會很孤單啊……」

我不發一語，望著窗外雨勢越來越大，越來越心亂如麻。

回到家後，我倒了杯熱水，把高中的東西整理好放在書櫃上，把蘇墨雨今天給的照片拿出來，忽然望見裊裊蒸氣間的書櫃上的照片。

我伸手拿取照片，輕輕地撫摸照片上笑得燦爛的人兒。

是國中畢業時我和文胤崴、徐以恩的合照。

記得當時徐以恩哭得很慘，跟班上幾個同學留影完的文胤崴也走到我們身邊，難得沒有那麼欠扁地說：「咱們以後還可以一起讀書啊！妳哭什麼啊？」

「再說，妳運氣真好，有兩個未來翰青前二名的朋友。」

徐以恩一邊擤鼻涕，一邊問：「誰啊？」

文胤崴又露出我們熟悉的那個白目的笑容，「我跟李如瀅啊！不過想必我會比李如瀅更勝一籌！」

聞言，我們一人一巴掌甩在他臉上，他吃痛地喊：「怎麼有像你們這麼暴力的人啊？」

我和徐以恩相視一笑，然後舉起手機問：「要不要跟我們這兩個暴力的人拍照啊？」

他一邊揉紅腫的臉頰，一邊罵：「要是不跟你們拍會被打吧？」

然後就不情願地拿起手機掌鏡，我站在他旁邊，笑靨如花，笑得像不畏時間流逝，因為當時的我知道，身旁的少年會陪著我度過整個高中歲月，所以我不怕時間帶走他。

可是現在我怕了，我害怕他會乘著時間的列車，離我越來越遠。

從今爾後，推開窗戶再也看不到挑燈夜讀的他，猛然抬頭，笑著叫喚我的名字。

從今爾後，清晨推開門再也看不到他倚著柱子，朝我笑罵：「怎麼那麼久？」

從今爾後，再也不能在校車上看著微光照耀在他的臉上。

從今爾後，再也不能在去科教大樓上廁所的路上看見他射籃得分，和球友們歡呼。

從今爾後，那些熟悉的一切將離我越來越遠。

我沒有哭，眼睛似是被熱氣薰得發疼，我胡亂抹抹眼角，低頭看見自己眼眶紅腫，告別高中的日子，竟是這副醜態，我嘲弄似地笑笑，心卻如被揪著，難受得慌。

我隨意打開手機ａｐｐ，隨便打開一個歌單，隨機播放，沒想到手機裡傳來了Adele沙啞的歌聲。是〈Someone Like You〉。

接近副歌時我幾近癲狂地無法思考，哆嗦著拿起手機就暫停音樂。

現在的我不能聽〈Someone Like You〉，會瘋掉的。

轉頭望向窗外大雨滂沱，彷若看見了這三年就在窗外流轉，三年時光漫漫，我從未想過，我們會成為彼此生命裡的過客，就這麼路過了彼此的時光漫漫。

我看見書桌上那本日記，書封已經有些磨損，上頭「李如瀅」的鋼筆字卻依舊清晰可見，彷若昨日才寫，我輕輕拾起它，漫無目的地翻閱，一個字都讀不進去，卻有種奇想油然而生。

要給他看這本日記嗎？

我輕輕撫摸上頭歪七扭八的字體，裏頭是滿溢出來的初心。

「李如瀅，要給他看嗎？」我喃喃。

沒有任何回應，唯有紙上那句「我那漫漫青春歲月，全部都是你」發光似地佔據了我的視線。

我拿出手機，打開Instagram，按下「新增帳號」，快速地輸入了帳號、密碼。

Unrequited_dairy

20120501

不求回報的日記，還有初次提筆寫下的那個日期。

我按下設為私人帳號，然後把日記本翻到第一頁，打開手機相機，把每一個值得留念的日記都清清楚楚地拍下來了，最後一則一則，在下面打上日期。

這本該是不求回報的，我卻像個傻子期望這個行為能夠有所回報，即使我不知道，自己想要的究竟是什麼。

全部上傳完畢後，我翻開嶄新的一頁，提筆，寫字。

文胤崴。

這是我第一次明目張膽地在日記裡寫下他的名字。

我多麼感謝，你能路過我這段平凡的歲月，絢爛了它。

淚水洶湧，我依舊含著淚，咬牙寫下去：

三年太短，我太貪心了，如果可以的話，你能不能別只是路過？能不能再稍微逗留一下？

擱筆，我自覺再也寫不下去了，望著筆記本上短短幾行字，卻像是費盡了全力。

我舉起手機，按下快門，上傳貼文。

外頭雨依舊下著，像是告別式的請帖，我從抽屜裡拿出以前送人的小卡，小心翼翼地寫下帳號和密碼，再寫下Instagram幾字，你能懂嗎？你說過只要我願意說，你就願意聽的，現在我願意說了，你能聽見嗎？

我把小卡塞進口袋裡，拿起傘就往外面跑。

我撐著傘站在社區前的巷口，靜靜地等待他的到來，有些緊張，害怕他會被淋濕，我傳了一則又一則的訊息給他。

「結束了嗎？」

「有帶傘嗎？」

「被雨困住了嗎？」

然而，每一則都已讀不回。

我往上滑了一下我們的聊天紀錄，赫然發現幾乎都是我在提問而他回答，每得到一個敷衍的答案，我就會絞盡腦汁，想要怎麼回覆才別出心裁，才能吸引他的注意。

我自嘲地笑了下，忽然覺得自己有些可悲，卻依舊犯賤地站在這兒苦苦等候他的到來。

我就這麼站在雨中等了他半小時，甚至開始懷疑起自己到底為何要站在這兒。

忽然，手機鈴聲如天使福音響起，我焦急地打開手機，看見螢幕上跳動的「文胤崴」三字，手不住地顫抖，趕緊摁下「接通」鈕。

「喂？」文胤崴懶洋洋的聲音傳來。

我無法壓抑此刻的激動，音量就這麼增大了，「你在哪裡？」

「我忘拿傘了，現在在公車站旁邊的7-11。」

「好，等我一下。」

語畢便結束通話，我急匆匆地邁開步伐，連踩進水窪也義無反顧。

我也不曉得自己為何這麼急躁，心跳卻還是止不住地增快，我想起了那天離家出走，撐著一把大傘來找我的文胤崴，他當時也是這樣心急如焚嗎？

很快就來到了7-11，遠遠就能看見文胤崴坐在窗邊，樣子狼狽。

我好整以暇，裝做自己並沒有那麼匆忙，溼透的褲腳卻還是掩不住事實。

我走進店裡，一聽見「叮咚」聲，他便轉過頭來看我，朝我咧嘴笑，「妳來了。」

嗯，我來了，我等你好久了。

我走近他，刺鼻的酒臭味撲鼻而來，我忍不住皺眉，「不是有老師在嗎？怎麼可以喝成這樣？」

語畢，我忽然發覺自己的語氣親暱得就像小媳婦一樣，不知怎地就慌張了起來，不敢去看文胤崴的眼色。

他打了個酒嗝，醉醺醺地說：「那群王八蛋非要灌我酒，說什麼就要發達了，當然要多喝一點。」

「自己身體要緊，你還是自己一個人回來的，怎麼可以這樣？你還長腦子嗎？」聞言，我忍不住叨唸個幾句，「去大陸以後還能讓人放心嗎？你就不能稍微讓人放心點嗎？為什麼老是讓我擔心？」

他嘿嘿笑了起來，像極了一個偷喝酒被抓的酒鬼，又像個做錯事而侷促的孩子。

我去冰箱拿了兩罐優酪乳，結帳後拿到文胤崴面前，他疑惑地問：「幹嘛？」

「解酒。」

他賊賊地笑了起來，「這麼了解啊？」

我不理會他莫名的笑容，「之前我爸去應酬，喝得醉醺醺，我媽總是氣得要死，氣歸氣，還是會要我去便利商店買優酪乳回來給他解酒。」

但那已經是很久以前的事了，後來他們還是分開了。

我忍不住握起拳，卻又還是鬆開手，望著眼前的少年，我知道我們即將和他們一樣分開了。

最起碼他們曾經愛過，曾經有過海誓山盟，曾經自以為此刻須臾便能成為永恆。

那我們呢？

「文胤崴。」我喚他。

「嗯？」

「你還記得嗎？國三時我想要翹家，結果一下雨就什麼地方也去不了，就躲進這裡，然後你也像現在這樣跑來找我。」

「嗯，記得啊！」他笑，「以後我不在了，妳可不要再離家出走囉！不會有人像我這麼傻，特別跑出來找妳。」

我語塞，千言萬語就這麼鯁在喉中，眼眶酸澀，彷彿能看見窗外那個毛頭小子撐著傘，急匆匆地奔到我面前。

我顫著嗓子，逞強一般地說：「才不會。」

我才不會再這樣為一個人掏心掏肺。

除了你。

他打了個哈欠，懶洋洋地趴下，說：「我先睡一下，等會雨停了再叫我。」

「喂！」我無奈地喊，這樣會著涼吧？

他沒有聽見我的叫喚聲，又或者只是單純無視我，他很快就進入了夢鄉，昨天才從上海趕回來，肯定很累吧？

我望著他熟睡的臉龐，忽然想起每次校車上，他沉睡的側臉。

我跟著伏在案上，試圖更加清楚地觀察他，想要把他更仔細地儲存在腦海。

這是最後了，我們就要說再見了。

「李如瀅。」他忽然張口。

我嚇得趕緊起身，忽然發現只是夢話便鬆了一口氣，我伸出手，想要輕輕撫摸他毛茸茸的頭髮，卻在即將觸及的那刻聽見他說：

「不要再喜歡我了。」

手就這麼懸在空中。

我不住地顫抖，滿腹的問題就這麼油然而生，這傢伙到底是清醒還是睡著了？什麼時候知道的？

原來你不傻啊。

他沒有清醒的意思，我也沒了趴著的興致，望著窗外，彷彿又看見了那個春雨的夜晚，共撐一把傘的我們。

「等等回去還是要替我解題啊！」

「我都這麼難過了，你還要這樣壓榨我嗎？」

「沒事沒事，都說了我會陪妳度過的。」

騙子。

視線就這麼朦朧了起來，淚水早就一點一滴地落下。

「好。」

我拭去淚水，「我答應你。」

待到雨停了已逾十點半，店員都已經開始忙進忙出地補乾貨，一旁的文胤崴伸個懶腰，看來已經養足了精神。

「回家吧。」他說。

我頷首，見他沒有什麼異狀，顯然剛才的不過是夢話。

夏天的午後雷陣雨來得快，去得也快，帶走了熱氣，迎來了涼爽的夏夜，天邊皎潔的月色掩不住，好似方才壓根兒沒下過雨。

一路上，文胤崴聊著前些日子遊歷各間大學的事，話沒有少過。

「那你想要去哪所？」我問。

他想了想，「我看北大應該沒戲了，但清華的教授似乎挺喜歡我的，要是清華願意收我，那我就去清華吧！」

我笑，「堂堂第二志願，被你說得好像非你不可。」

他嘿嘿笑了起來，笑而不語。

轉眼就回到了家門口。

我們的故事的起點在這兒，也要在這裡畫上句點了。

三年時光彷若一瞬，誰也抓不住它的尾巴。

文胤崴難得不想這麼早就進家門，顯然也是感受到我的不捨吧？

「以後要是真到了清華可要繼續努力，就怕你連老二都沒法當了。」

以後也不會有個李如瀅老跟在你的屁股後面。

「當然啊！」他笑，「李如三也是，要變成一個特別厲害的人，我相信妳可以的。」

我頷首，仰頭望見天邊的上弦月，我張口說道：

「今晚的月色真美。」

他蹙眉，「不是都長那個樣子嗎？」

我搖頭，好像淚水就要落下了。

我從口袋中拿出那張已經有些皺了的小卡，遞到他面前，他一臉困惑地望著我，好像我做了什麼傻事。

「你能不能把它帶到北京？」我問道，笑眼彎彎，卻覺眼角發熱，「上面的是密碼，我相信你能解開它的。」

他有些猶豫地接過，我卻像是要處處較真，不禁有些咄咄逼人，「文胤崴，答應我。」

我就只有這個請求了，答應我，答應我解開謎題吧。

他傻傻地頷首，然後把小卡收進口袋裡，輕輕地說：「好，李如瀅……」

不等他說完，我湊近他，踮起腳，揪住他的衣領，輕輕地，在他的唇瓣上一吻。

一瞬間，我看見了他眼神裡的慌亂而迷茫，可是只有一瞬間而已。

我不確定這是不是接吻，輕得好像只是普通的觸摸，卻在心頭上重重地一擊，疼得我眼淚都要奪眶而出。

我朝他扯扯嘴角，露出比哭還要醜的笑容，輕聲說：「再見了，文胤崴。」

再見了，我的單戀。

我像隻驕傲的孔雀越過他，快步離去，連踩進水窪也不停留，卻在背著他的時候，眼淚就這麼掉下來了。

後頭的皎潔月光就像要嘲笑我一般，諷刺地美。

原來結局是這樣啊，原來漫長的等待不一定會迎來圓滿結局。

你就不能說句話挽留一下嗎？

一句話就好了，也許我就能回頭重新面對你。

你憑什麼這樣倉促地給我這樣的結局？

你憑什麼自以為是地出現在我的青春裡，又一聲也不問就離開？
你憑什麼讓我付出了第一份戀心，然後就這麼把它扔在地上？

回到家，我鎖上房門，走到書桌前，看見出門前裝好的水想要喝，拿起馬克杯的瞬間卻發現杯身冰涼，水早就不熱了。

我緩緩將手離開杯身，鎖上窗戶，拉起窗簾，打開音樂app，發現裡頭還是剛才還沒播完的〈Someone Like You〉。我趕緊改成其他歌單，逕自放聲大哭起來，音樂像是能明白我的心情一樣，很體貼地轉到了辛曉琪的〈領悟〉。

被愛是奢侈的幸福
可惜你從來不在乎
一段感情就此結束
一顆心眼看要荒蕪
我們的愛若是錯誤
願你我沒有白白受苦
若曾真心真意付出
就應該滿足

多麼痛的領悟
你曾是我的全部
只是我回首來時路的每一步
都走的好孤獨
多麼痛的領悟
你曾是我的全部
只願你掙脫情的枷鎖
愛的束縛
任意追逐
別再為愛受苦

我重新翻起過去三年的日記，淚水一點一滴地落在上面，暈開墨水，我在心底不斷地喊：「對不起。」

對不起，李如瀅，沒能給妳想要的結局。

我隨手拿起記筆記的Ａ４紙，提筆寫下：

其實我都知道的，不是我的就別奢求了。

你知道嗎？其實我也不曉得這究竟是愛慕還是執著，我是否只是習慣著去喜歡你，可是在看見你的反應時還是好難過，心就像被剜出一個空洞，鮮血汩汩流出，我這才知道，自己對你還是有那麼點期待，可是你一點面子都不給我。

你是那麼的好，好到在你面前，我總覺得自己無地自容，暗戀的種子就這麼落入了塵埃，在那兒，開出了一朵花來。

你對我很好，可是你對誰都好，而我對你的好早已溢出好友、鄰居了。

我害怕聽到告白的答案，因為我還是知道自己的斤兩，你是那麼的好勝，怎麼會喜歡我這種其貌不揚，除了讀書外什麼都不會，沒什麼個人特色的人呢？

我知道，你就像雪紗裙一樣，不是我能穿就穿出去的。我曾在高跟鞋上找到一絲希望，要是苦練的話也會有合適的一天吧？事實證明，無論如何你依舊不會看我一眼的。

我本以為能把這三年的記憶打包帶到大學，心平氣和地回憶這段荒唐的歲月，想起在那個下課時間光影交織的走廊上，昂首闊步的少年，然後能夠指著日記笑說：「啊，我以前也這樣，原來我喜歡過這麼好的一個男生。」

我曾這麼以為。

我原能有個很純粹的記憶，只是，當我開始有想要攤開日記告訴你這些回憶的點點滴滴的念想時，一切就變得不一樣了。

我開始患得患失，看見其他女孩接近你而心煩意亂，卻只要你勾勾手指，一個微笑，叫喚我的名字就能重新燃起喜歡你的意念。

單戀真的好苦，你知道嗎？

你不會知道，那個春雨夜晚你說的話對我而言有多麼重要。

你不會知道，為了送給你那個御守，我花了多少時間，然後又緊張地猜測你的想法。

你不會知道，你的一句「我覺得妳適合文組」就能讓我重新打起精神。

你不會知道，因為你，科教大樓的廁所成了我的高中記憶裡重要的一隅。

你不會知道，讓你稱讚連連的林書榆的情書是我寫的，我在那時多麼希望你能會心一笑，卻又無法承認是自己所為。

你不會知道，我有多麼羨慕杜嫣然，在你們倆成雙入對時，一次又一次迴避了目光。

你不會知道，為了送你桂圓蛋糕我費了多大的努力。

你不會知道，其實我在摩天輪上好想告訴你：「留下來吧！我好希望這是只屬於我的記憶。」

你不會知道，我在收到捕夢網時有多麼開心。

你不會知道，其實我壓根兒不想當你的知己。

你不會知道，為了你那句「我們一起上臺大」，我花了多少時間在讀書上，只為實現我們的約定，縱使最後你還是打破了這個承諾。

你不會知道，那句「不要走」是我的肺腑之言，懦弱如我，無法直截了當地挽留你，只能將頭埋在膝蓋中，痛哭流涕。

你不會知道，你點亮了我的高中生活，讓我的青春，因此而多了幾分色彩。

你不會知道，一個人要得到另一個人的心是世界上最困難的事。

文胤崴，我不怪你，因為我喜歡你。

因為這是單戀，這只是我的獨角戲。

我們現在該道別了。

讓我和你握別，向你，向整個青春，輕輕地鬆開我的手。

第二十二章　時光匆匆

我作了一場夢。

夢見高中時代，我走進了翰青高中的校園，那兒大家都還在，張文茜跟林書榆拉著我，特別雀躍地告訴我搶到了EXO演唱會的票，吳睿鈞等一幫男生一如往常討論《英雄聯盟》，杜嫣然和陳芷珺正在交換唇膏，看誰的顏色比較好看。

一切一如往常。

然後他走了過來，我的目光就這麼被他給牽引著，時間就這麼停滯了，歲月就這麼安靜了。

他朝我笑，「李如瀅。」

呼喚我的聲音依舊一如既往。

一切都如此的美好。

直到班導走進來，朝大家罵：「早自習吵什麼啊？都不知道今夕是何夕了嗎？」

然後她把黑板上的日期給擦掉，用力寫上一〇六年，還未寫日期，我就被這個粉筆聲給嚇得慌，忙舉手，問道：「老師！現在不是才一〇二年嗎？」

只見班導蹙眉，拿著粉筆，一切都是我熟悉的高中，她卻否定了我所有的遐想，輕輕地說：

「早就二〇一七年了，你們該去上大學了。」

「現在臺灣的貿易困境在於外交，相信大家都知道，有人預估，要是第三次世界大戰肯定就是打經貿戰……」

臺上教授正滔滔不絕地講課，我從睡夢中驚醒，隔壁的沈于瑄見狀，忍不住奚落我，「大作家昨天又寫作寫到不眠不休啦？」

我望著眼前的階梯教室，望著臺上講國際貿易的教授半禿的頭頂，看見旁邊外系的同學正拿著手機，手機螢幕上顯然是最近很紅的手遊《傳說對決》。

明明剛才還在翰青高中，怎麼現在就到臺灣大學了呢？

我按捺住內心的失落感，從包裡拿出手機，立起厚重的原文書，將手機藏在課本後面，雀躍地敲敲點點螢幕：

「《永晝歌》總銷量突破萬本了！感謝支持我的書迷們！說實話，我真沒想到這本書能得到這麼多喜愛，謝謝大家對鄭永還有郁晝的支持，對了，大家知道鄭永這個角色的名字來自於哪個韓國明星嗎？逢縈最近在他作的歌裡出不來呢！」

打完後，我輕輕點了下上傳，嘴角噙著笑，喜孜孜地望著螢幕中的上傳進度條越來越長，貼文就這麼出現在我的面前，照片上的「2017推薦新書」特別惹眼。

「如瀅學壞了，居然會上課玩手機。」坐我旁邊的Benjoe操著不熟練的中文，露出一排雪白的牙齒，跟黝黑的皮膚成了鮮明的對比。

我不知不覺也有了菲律賓腔，學他的語調說：「如瀅一直很乖，是Benjoe不乖。」

「所以如瀅的小說什麼時候要出英文版？不然我都看不懂，而且妳每次都解釋得不清楚，害我都不知道在演什麼。」他鼓起腮幫子，我忍不住笑，怎麼會有人到了大三還這麼可愛啊？

「都來臺灣那麼久了，還讀臺大呢！你要好好學中文啊！等你學會了，自然就看得懂了。」我笑。

話語剛落，手機忽然震動了一下，我打開來看，剛才貼文有了一則新留言，是徐以恩的留言：「逢縈啊，妳不是在上課嗎？」

我差點就大笑出聲了，好在有憋住，不然被教授看到就尷尬了。

我長按她的留言，傳了個憤怒的表情符號給她，打下：「不要隨便污人清白！我可號稱臺灣學子榜樣呢！」

教授宣布下課後，旁邊的沈于瑄朝我笑說：「李大作家又上課po文了，所以我說，易殊到底何時會找到他的生父啊？妳就不能按照套路來寫小說嗎？」

我煞有介事地搖頭嘆氣，「易殊啊，唉，真的要隨緣了。我就只能說到此，堅持不劇透。」

「李如瀅妳真的很不夠意思耶！」她喊，跟面試時那個諾諾的樣子完全不一樣，果然在教授面前才人模人樣，她忽然想起了什麼，雀躍地朝我們說：「你們這個星期日有空嗎？我想去看新上映的電影！」

聽見沈于瑄的提議，Benjoe立刻附和：「好哇！如瀅也去嘛！」

他們倆一臉殷切地看著我，活像等待主人帶出去散步的小狗，我忍不住笑，各拍了他倆的頭一下，然後抱歉地說：「我這個星期日沒空耶！行程有點滿。」
「妳要幹嘛啊？」Benjoe失望地問。
我笑答：「編輯找我談接下來的出版計畫，我還要跟高中的朋友見面。」
「那我們翹掉今天下午的課吧！」沈于瑄不死心，看來真的很想去看電影。
「今天嘛……」我揚起苦笑，「我家裡今天有事。」

爸媽離婚將近六年了，前幾天，媽媽突然有些侷促地說：「如瀅，媽媽有話跟妳說。」
正在洗碗的我探出頭來，「怎麼了嗎？」
只見媽媽露出了我認識她二十一年來罕見的緊張的表情，「媽媽想帶一個叔叔回來吃飯，給如瀅認識一下。」
聞言，我愣了一下，任憑水龍頭的水流不止而不去關上。
她見我沒有回答，便逕自問：「可以嗎？」
我這才恢復精神，笑答：「嗯，可以啊！」
她像是如釋重負，朝我笑說：「那我就去通知他了。」
我看著她一副小女人的樣子，心底有些複雜。
從爸媽離婚那天我就預料到這天的到來，沒想到等到真正到來時，卻還是感到有些不安。
回到房間後，我從抽屜裡拿出我們一家三口的照片，當年打包行李時，我從衣櫃裡翻到這幀照片時害怕它孤零零地留在家裡等我回去，便把它和日記一起帶上臺北了。

我看著照片，忍不住嘆，李如瀅，妳都二十一歲了，妳媽都四十八了，妳還執著什麼？

回家後我有些後悔沒有答應沈于瑄跟Benjoe一起去看電影，深怕等一下來的叔叔跟我不合，然後等我媽跟他結婚後我就會被逐出家門，要去投靠沈于瑄或徐以恩，正好徐以恩成天抱怨宿舍難住，想要找朋友出去合租，只是他們的房子在木柵，要來臺大還是有點麻煩。

我就這麼腦洞大開，在心裡開始了小劇場，自從開始寫小說後內心戲更多了，唉。

正當我開始想要怎麼跟媽媽說搬出去的事時，家門就這麼被打開了，媽媽領著一個高大而斯文的男生進門。

真可惜這個叔叔長得不是滿腦肥腸的樣子。

我還是禮貌地向他打招呼：「叔叔好。」

他朝我笑笑，然後媽媽叫我去收一下餐桌，她買了牛肉麵回來。

我忍不住皺眉，第一次帶男朋友回家跟女兒見面，居然是吃外帶牛肉麵？

我忍著沒說，乖乖地聽從媽媽的吩咐把桌子收乾淨。

這個叔叔小媽媽兩歲，正好也姓李，不說我都以為媽媽對姓李的有特殊的執著，他是媽媽的同事，我不敢相信媽媽這個年紀了居然還敢玩辦公室戀情。

一頓飯吃得和樂融融，李叔叔非常健談，找不到話題就會開始跟我聊臺大，聽到我有在寫小說時還特別跟我聊現在出版業的困境。

「我聽妳媽說，妳會寫小說純粹只是因為妳媽嫌妳遊手好閒，要妳找事做，妳就開始上網連載小說了。」
聞言，我差點就要把口中的麵條給吐出來，斜睨媽媽一眼，「妳怎麼連這種事也說了？」
媽媽無辜地回答：「我又沒說錯。」
「哈哈，改天叔叔也會去看妳的小說的，聽說寫得很好，現在很暢銷，搞不好妳能成為下個九把刀。」
我乾笑，要是李叔叔知道我寫的是那種常被書迷在網路上寫同人H文的小說會怎麼樣？怕是他一查詢就看到鄭永跟郁畫的同人文，還誤會是我寫的，到時候我跳進怕是黃河也洗不清。
我們幾個的話沒有少過，不知是這個叔叔特別能言善道還是怎樣，也沒有我想像中的尷尬場面出現。
這就是我媽愛的男人。
我怎麼可以小氣地耽誤我媽的幸福呢？
媽媽送李叔叔回家後，緊張地跑來詢問我的意見，「妳覺得這個叔叔怎麼樣？」
我想了想，說實話，我想要的不是這樣，我希望的是能和爸爸、媽媽一家三口一直生活下去，可是這個願望早在六年前就粉碎了。
曾經有個少年跟我說：「讓兩個不愛了的人互相折磨一輩子，這才痛苦。」
閉眼就能想起那天他對我說的話還有那天雨水的氣味。
我一副無所謂地朝媽媽笑說：「挺好的，不用擔心我。」
媽媽忽然紅了眼眶，上次看到她這樣是六年前她離開家裡，抱著我大哭，我上前輕拍她幾下，告訴她：「沒事的，妳要幸福。」

在媽媽之前，她還是一個離過一次婚，渴望愛情的女人，我知道，早在六年前他們倆簽下那張離婚協議書時她的幸福就與我、爸爸無關了。

我們早就天一邊，各自走了。

等到李叔叔回家後，我才敢放下戒備，回到房間裡發呆。

我打開手機，漫無目的地瀏覽各個通訊軟體，最後看到還沒回覆徐以恩，就摁下語音通話鍵，話筒那端的「嘟」聲並不長，徐以恩很快就接起了電話。

「喂？」語調慵懶，看來今天又被課堂深深折磨了。

「妳在幹嘛啊？」

「沒幹嘛，剛從山下回宿舍，妳也知道我們宿舍餐廳是出了名的難吃。」

她開啟了話匣子就停不下來，絮絮叨叨政大安九食堂有多難吃，她和同學們總是去校外買東西吃，偏偏學校附近根本沒有什麼東西可吃，因此他們老抱怨當初學測要考好一點，去臺大，不然就要排除萬難去另外幾所頂大。

「那妳最近在幹嘛啊？」徐以恩顯然是發現了自己太多話，便轉了個話題。

我想了想，「也沒幹嘛，我的生活很無聊，每天不是讀書就是寫小說，假日當家教，我的學生也準備學測了。」

「我看妳乾脆也去申請個海外交換好了，像我的室友就申請上了北京清華大學，可憐的我下學期就要沒有室友了。」

北京清華大學。

我驀地想起他也在那兒。

「怎麼了？」

徐以恩的聲音將我的思緒拉回現實，我隨口答：「沒什麼，我覺得挺好的啊！北京是個好地方。」

「那妳幹嘛半分鐘不說話？」她的語氣裡帶著濃厚的無奈意味，肯定是知道了我的心思。

我受不了尷尬，就又想要轉移話題，可是想來覆去，最後還是說：「我媽要再婚了。」

這回換她沉默了。

「不用安慰我沒關係，我可以的。」我打圓場。

她嘆了口氣，「我也不知道該怎麼說，如瀅，加油。如果妳想要的話我也可以趁沒課的時候去找妳玩。」

不知道該說什麼，那就說加油吧。

「嗯，我沒事。」我笑，隨即又想徐以恩怎麼可能看得到呢？這個笑容不過是用來安撫我自己罷了。

我已經足夠成熟，能夠面對這些了。

星期日我依約到臺北車站附近的咖啡廳，一到餐廳門口就看見剛燙捲頭髮的林書榆還有塗了大紅口紅的張文茜。

張文茜最終指考還是只考上了世新、輔仁，為了學費著想她選擇了輔仁，原以為會被她爸打死，好在她在大學期間都拿書卷獎金，她爸才沒有把她那些明星周邊全部拿去燒掉，雖然張文茜為了籌學費已經把好幾張專輯拿去賣掉了。

他們一看到我就朝我打招呼，張文茜突然可憐兮兮地說：「怎麼辦，我買不到之前賣掉的厲旭solo專輯，我當初到底為什麼要那麼白癡，連裡面的簽名照那些也賣掉了？」

「我們隔了半年沒見，第一句話居然是買不到專輯！張文茜妳好意思啊？」聞言，我忍不住罵。

「好嘛好嘛！那改聊應援棒吧！我的愛麗棒……」

見她沒救的樣子，我跟林書榆便無視她的碎念，拉著她就往咖啡廳裡走。

「我還是不敢相信這種整天只知道追星的人居然能拿書卷獎。」一坐下來，林書榆就忍不住扶額，嘆：「我們系上的書卷獎都是讀得要死要活的，我自從高中以後就沒那麼努力念書了。」

「我們系也是。」我說。

到了臺大真的遇到了很多天才型學生，我以為高中的蘇墨雨已經是天才中的天才了，沒想到到了臺大到處都可見這種人。

「我每天一邊看韓綜一邊剪片，從裡面學習到剪片的精華，書卷獎捨我其誰啊？」張文茜碎念。

不得不說，她真的很適合讀傳播，現在的她比起高中那個要死不活的樣子實在好太多了。

等待上菜的同時，我們無聊地滑起手機，對科技冷漠毫不在意，我猜路人看到一定會嘆：「又是一群被手機綁票的朋友。」

「啊！」張文茜突然大叫，我跟林書榆立馬抬頭看她大驚失色的樣子，她的聲線顫抖著，指著手機螢幕說：「你、你們去看看鹿晗的微博。」

我立馬打開微博，畫面還沒載入完成，就聽見林書榆的尖叫聲，惹得我越來越心急，總算載入成功，看見鹿晗的貼文瞬間傻眼了。

「不是吧！鹿晗交女朋友了！」張文茜抱頭大叫，惹得整個咖啡廳的人都在看我們。

「嗚嗚嗚，我的鹿哥。」林書榆看著手機桌布，極其悲憤地說。

「我的本命啊！」我摀著臉大叫。

聞言，張文茜突然問：「等等，李如瀅妳的本命不是邊伯賢嗎？」

我佯裝不知情，「啊？是嗎？我一直都很喜歡鹿晗啊！」

林書榆一臉無奈地看著我，「怎麼會連自己的本命都記不得啊？」

我乾笑，「我一直很喜歡鹿晗啊！只是感覺不能跟朋友喜歡同一個偶像，就隨口說我的副命伯賢了。」

他們倆呆看著我，然後爆發似地朝我喊：「妳是白癡嗎？怎麼不能跟朋友喜歡同一個偶像了？」

我忍不住笑了起來，時光匆匆，我終於能大方地承認自己喜歡鹿晗。

這個瞬間，我忽然想起高二那日練習班級進場時，我們幾個人聚在一塊聊喜歡EXO的誰，我本想回答鹿晗的，但是看見旁邊的林書榆紅著臉說自己喜歡鹿晗，那句「我喜歡鹿晗」就鯁在喉中，怎麼也說不出口。

這麼多年過去了，EXO成為韓國樂壇的傳奇之一，吳亦凡、鹿晗、黃子韜也退出EXO好幾年了，各自走在各自演藝事業的康莊大道上。

而我呢？當初在我身邊的「鹿晗」早就去北京闖蕩清華多年，和我斷了聯繫了。

不得不說，無論哪個鹿晗和我從不可能。

第二十三章　單戀日記

我本想多留一會的，可惜晚上還要跟編輯討論作品，只好依依不捨地跟他們告別。

「等我去上海實習前再聚一次啊！」張文茜朝我喊。

「要是下次我們出來又看到哪個明星交往了，我們就再也不見吧！」我開玩笑。

「妳不要亂講話！小心我去網路上散播妳高中做過的蠢事哦！」林書榆笑說。

「喂喂喂！別亂來啊！」我擺手無辜地喊。

時光好像回到高中時和這兩個人一起笑鬧，我從來沒想過要回到高中時期，高中時期的李如瀅太陰沉了，然而，此刻我特別懷念那個晦澀而純粹的高中時光。

我和他們揮手告別，踏上捷運準備下一個聚會。

到了約定的餐廳後我左顧右盼，就是沒看到編輯，我按捺著性子沒有傳訊息問為何遲到了。

「妳就是逢縈嗎？」忽然有陣溫婉女聲在背後響起，我轉頭一看，是個穿著得體的漂亮女生，一看就是個氣質美女。

我愣愣地頷首。

她笑眼彎彎，就像月牙一樣，「我是徐光，妳讀過我的書嗎？」

聞言，我張大了嘴，差點就要大叫了。

徐光是現在銷量第一的言情小說作家，徐以恩之前常跟我說，要是有機會遇到徐光的話一定要幫忙她要簽名，我的書櫃上也有好幾本她的書。

沒這種大神居然會出現在我面前！

「妳的編輯沒告訴妳我要來看妳吧？」她笑說。

我頷首，驚喜得說不出話來。

「是我要她別說的，走吧，一起吃頓飯，聊聊天吧！」

她拉著我就進餐廳裡，而我還陷在見到偶像的驚喜感裡出不來。

一進餐廳，徐光就熟練地替我點菜，並跟我推薦有什麼好吃的，選擇障礙的我決定就跟她吃一樣的。

我並不是個健談的人，徐光顯然是發現了這點就逕自打開話題，免得場面太尷尬。

「妳喜歡哪些作家啊？」她問。

我想了想，「我高中時很喜歡讀席慕蓉的詩，還有桐華、八月長安的小說，尤其是八月長安的《暗戀・橘生淮南》，他們倆的書很真實，不會像那些少女漫畫情節般的超展開。」突然想到前方的好歹也是大作家，我便侷促地說：「啊，我也很喜歡妳的書。」

見我的反應，她呵呵笑了起來，「妳本來不想說我的吧？」

我立馬尷尬地擺手，「沒有沒有，我是真心喜歡妳的文字，我的朋友還說要是遇到妳一定要幫她要簽名呢！」

「噢，好啊！改天我出新書就送你們簽名書。」她笑說。
我驚喜得就要三呼「萬歲」然後下跪磕頭了。
「話說妳愛看的居然都是言情小說，我還以為妳喜歡金庸或是古龍。」她說。
我笑答：「高中那種少女懷春心思當然喜歡看言情小說，反而不喜歡太艱澀的書，畢竟教科書都那麼困難了。」
聞言，她撫手大笑起來，「我懂我懂，高中時我特別愛看臺灣小言，就是便利商店賣的那種一本五十元的書，不用動腦，就只要看小白花女主角如何得到帥氣的男主角歡心。」
我笑，尷尬了，這是我最不喜歡的小說類型。
「話說，妳的編輯跟我說妳打死也不寫愛情小說，甚至《永晝歌》連愛情線都沒有，妳不是喜歡看言情小說嗎？是沒談過戀愛嗎？」她突然問。
我侷促地答：「不是連沒談過戀愛的國小生也會在網路上連載高中校園愛情小說嗎？」
其實我是談過戀愛的，只是太短暫了，媽媽才剛知道沒多久就分手了。
我在大一下學期跟社團的一個大二學長交往了，學長對我很好，非常照顧我，於是在他向我告白時，我竊喜原來我也不是沒有市場，也想著要趕緊從高中那種情愫出來，便答應了學長。
我相信只要展開一段新的感情就能覆蓋住上一段的傷痛。
然而，我錯了。
某天下午下起了午後雷陣雨，我跟學長正好在家附近的餐廳吃飯，百般無奈下我只好帶他回家。

等我洗好澡、換好衣服到客廳時，忽然看見他板著臉，問我：「文胤崴是誰？」

我被久違的名字給嚇到了，視線往下，發現他手上正拿著我的日記。

「你憑什麼看我的日記？」沒想到我居然不是開口解釋，而是像隻刺蝟，繃緊背，朝他吼。

就連徐以恩都沒看過我的日記了，你憑什麼看？

「就憑我是妳的男朋友。」他不甘示弱地吼回來，「所以他到底是誰？從北京來？還有什麼『我不怪你，因為我喜歡你』？妳怎麼寫得出這麼肉麻的東西啊？不過是個死大陸人，有什麼好喜歡的？」

學長的話觸動了我心中最脆弱的那塊記憶，我忍不住拉高聲線：「你他媽才不懂文胤崴！」

空氣頓時凝結了一般，學長沒有回話，而我也被自己的話給嚇到了。

我氣急敗壞地把他趕出家門，甚至連傘都沒有給他，從此再也不和他往來。

我把偷看日記那段簡化，沒有說那是在記錄我高中的單戀回憶，把這個故事告訴了徐光。

聽完後，徐光笑得直不起腰，「所以妳連傘也不給人家？會不會太過分啦！」

「其實後來我也有檢討一下自己，不給雨傘好像太狠了一點。」我說。

她饒富興趣地把玩手中的吸管，活脫脫就是小說裡那種風情萬種的女人，「可是那本日記到底寫了什麼？會讓妳氣得直接跟男朋友提分手。」

我看著她那雙深邃的雙眼，裡頭清澈得好像映得出此刻侷促的我的臉。

我著了魔似地張口答：「其實我單戀過一個人整整三年——如果是暗戀的話我想我應該會好過

些。」

她蹙眉，好看的臉上盡是困惑。

我解釋：「妳應該懂單戀跟暗戀的差別在哪裡吧？暗戀是單戀的一種，不同的點在於對方知不知道。」

她頷首，示意讓我繼續說下去，我卻覺得有些難以啟齒，憋了半天才嘆了口氣，輕輕地說：「那個人太普通了，我怕說來會被妳嘲笑。」

她笑，「沒關係，我不會笑妳的。」

「他是個北京人，成績很好，臭屁得不得了，喜歡打籃球，最喜歡後仰跳投，他的書法字寫得很好，每次都笑我字醜。他是個善良的人，就是那種路見不平，拔刀相助的人。他學測考了我們全校第一名，我們原本約好一起來臺大的，可是他考得太好了，就跑去北京讀清華了。」我語無論次地講著文胤崴的事，因為太久沒提起這個人，我都不知該怎麼說起他。

我並不是一畢業以後就忘了他，大一時看見學校網站上公告公費北京交流團時我也心動了一下，最後還是敗給了自己的恐懼感。

這段時間其實我也曾試著聯繫過他。

大一寒假看到新聞說北京霾害嚴重，剛好聽說他得了流感，我就買了一箱口罩，請正好要回北京的文阿姨捎回去給他，還留了張字條給他「保重，清華的苗子。」

然後就沒有下文了。

聽我絮絮叨叨完文胤崴的事後，徐光啜了口飲料，眼神朦朧，我都懷疑她是不是在喝含酒精的飲料。

「聽起來妳很喜歡這個男生。」

我一時語塞，還以為自己也喝了酒，意識模糊，想了想才輕輕地頷首。

「他太普通了，缺點一大堆，自大、好勝、遲鈍……」我頓了下，然後不置可否地說：「可是正因為我喜歡他，那些都成了他獨有的魅力。」

「這個男生感覺佔據了妳的生活，當年他去北京的時候妳很難過吧？」

我愣愣地頷首，那時的淚水頓時浮上心頭，耳裡好像傳來當時那聲決絕的「你就不能不走嗎？」

「其實我也不曉得自己到底是執著還是怎樣，怎麼可以這麼執拗地追著他那麼多年，他明明沒那麼好……」

「不要嘲笑當時的自己，也不要去疑惑他好不好，至少對當時的妳而言，他就是妳心底最好的男孩。」

我望著徐光，什麼話都說不出來。

「我有看妳的小說，發現一件很有趣的事，妳剛才說的那個男孩的特徵，好像全部散落在妳的小說人物裡。」她忽然笑說。

我愣了下，忽然想起鄭永的俠氣、郁晝字寫得很好、易殊來自異域而從小跟父親分開……

拼拼湊湊下，居然就成了個文胤崴。

「妳一定很喜歡這個男生。」她肯定地說。

我遲疑了下，然後輕輕地頷首，記憶中的少年的畫面頓時鮮活了起來，好像能看見他回頭朝我笑說：「李如瀅，太慢了！」

文胤崴，你就不能稍微等我一下嗎？

你就不能稍微停一下嗎？為什麼要留我一個人，然後自己走了？

我一直以為，他不過是扎在心口上的一根刺，早就拔掉了，然而傷疤依舊在那兒，總在那不經意的瞬間竄入心底。我以為自己早忘了，我以為自己早釋懷了……

「妳嘗試看看寫本愛情小說吧！感覺要是妳寫的話會寫出很棒的故事。」

最後，徐光說了這麼句話。

這頓晚餐吃得很盡興，徐光教了我許多寫作技法，也告訴我很多過來人的心得。

「年少得志確實不錯，妳還年輕，趁著年輕多寫點東西吧！多看看，多感受，也許妳可以從自己的日常開始寫。」臨別前，她說。

我頷首，然後輕輕地說：「好，謝謝妳。」

回到家後，我不顧髒就倒在床上，回憶今天的點點滴滴。

我望著天花板發呆，忽然就想起徐光的話，一個機靈，下床到書櫃前翻找，總算在角落找到了都生灰塵了的日記。

自從高中畢業我就沒再寫過日記，當時放行李上車時，我忽然想到了它，然後急匆匆地叫爸爸等一下，趕緊回房間拿日記下樓。

我至今都想不明白到底為何要這麼做，為何不把翰青高中的回憶留在翰青高中呢？

我翻開第一頁，第一篇日記不用看也能倒背出來。

這是這本筆記的第一篇日記，說實話，我很想寫點具有紀念價值的事，能夠讓多年後的我一翻便能會心一笑，想破了頭，腦袋裡浮現的卻依舊是早上那個傢伙一臉得瑟的樣子，臭屁地說：「爺可是文藝骨幹呢！」然後搶走我的筆記本，逕自在封面寫下「李如瀅」三字……

這是故事的開章，平凡得不得了。

我靜下心來慢慢觀看過往的日記，看著看著，回憶如潮水朝我襲來，好像要淹沒我一般，我倒在床上，久違地大哭起來。

2015年6月10日

這大概是最後一篇日記了，我的單戀已經結束了，我的高中生活也在淚眼朦朧間，悄悄拉下帷幕，未來只怕時間越走越快，轉眼就老了。

妳還記得第一篇日記寫了什麼了吧？我相信妳鐵定倒背如流，希望時光沒有忘記妳，把妳帶往了更好的自己。

身為一個少女漫畫、青春小說忠實讀者，國中的我無時無刻期待著高中能經歷書中那樣繽紛的時光。

想當然耳，小說終究是小說，我的高中生活果不其然，跟萬千平凡人一樣，被課業給追著跑。

若要為我這篇青春故事下筆，我絕對會添上一筆「庸庸碌碌」。

我還記得初次踏進翰青的懵懂，也還記得情竇初開的羞澀，記得跟朋友們一起追星，記得和班上同學為了同一目標一起奮鬥的激動，記得在廁所照鏡子自嘆不如的悲哀，記得望著他們倆在雨中漸行漸遠時握成拳的雙手，記得準備學測的緊張，記得錄取臺大的雀躍，記得和他告別的心痛。

其實，我從不後悔在這發生的點點滴滴，真的。

在這裡，我遇見了好多好多美好的事，也許不是每個瞬間都事事順心，也許不是每個剎那都笑著，我依舊深愛著這段平庸的時光。

不得不說，青春是本太倉促的書，在我迷離的雙眼被淚水模糊之際，將其重新翻閱了好幾次。

回憶奔騰，被歲月釀成上等好酒。

雷諾瓦曾說：「痛苦會過去，美麗會留下。」

我那平凡無奇的高中生活就這麼過去了。

就把那些美好的記憶留給未來的我細細品味吧。

記得我說過的吧？

不要嘲笑我，別忘了這也是過去的妳，原諒過往所有笨拙吧！我知道，現在的妳會有更多新的煩惱，我也很期待看到現在的妳能有一番成就，但是，孤單時回來看看我吧！

不要老攥著那些不愉快的事，不要鑽牛角尖，多笑點，多去看看外面的世界，我希望時光沒有忘記妳，它會帶著妳，遠離高中時代的煩惱，遠離那個晦澀的少女時代，等到那天，我想我也能俯仰無愧，告訴自己：「我真的長大了。」

高中時期的我並不知道，時光在此時此刻遺忘了我，過去的種種如浪花拍打到岸上，如浮光掠影，在我的腦海不斷出現著，我沒有喊停，也捨不得這場回憶之旅就此打住。

記憶中的少年彷彿越來越近，他的背影，他的聲線，他的氣息，他那老是要與人較勁的眼神，他那老是噙著笑的嘴角，他那幹練的北京腔。

時光好像回到了初次見面的那個初春午後，他笑著朝我說：「我叫文胤崴。」

我想要伸出手撫摸他的臉龐，告訴他，謝謝你，出現我的青春；謝謝你，幫助了我一次又一次；謝謝你，點亮了我那晦澀的少女時光。

然而他只是笑眼看著我，眼底好像就是答案了。

我一個鯉魚打挺，跳下床，打開手機，打開LINE，點開編輯的頭像，快速地打下：

「我想要嘗試寫本言情小說，妳覺得怎麼樣？

「是個平庸的女孩不斷追逐男孩的背影的故事，書名我已經想好了。

「就叫《單戀日記》吧！這樣俗濫的故事本就該配個俗氣的名字。」

不等編輯回覆，我好整以暇，就像在寫日記一樣，耳機正在播放金厲旭的〈小王子〉桌上擺著高中時愛用的活頁紙，手裡拿著當時最愛用的無印良品黑筆，輕輕地在紙上描繪：

這是個屬於世上最平庸的人的故事，有著最普通的開頭，卻有著不落俗套的結局。

這是篇渴望共鳴的故事；是某個女孩晦澀的青春情事；是那些因為單戀而患得患失的人

們的告白。

這不是一個太歡快的故事，而是在你我身邊發生，早已習以為常的生活片段。沒有狗血的劈腿、墮胎、自殺、三角戀，就只是一個春日午後，少女不斷追逐少年身影的故事。

這是屬於她的成長故事，更是屬於所有默默將某人身影藏在心底的人的「單戀日記」。

好像能看見十八歲的李如瀅坐在我的身側，翹首以盼。等待著屬於我們的《單戀日記》出爐。

第二十四章　好久不見

冬天的腳步越來越遠，臺北的冬天不像故鄉，陰雨綿綿而挾帶著寒流，平常閒著沒事我就是躲在被子裡趕稿，不得不說，《單戀日記》是我寫過唯一一本不用寫大綱的書，也是寫得最心累的書，常常才寫個一千多字就躺在床上發呆，想著：「我乾脆回去寫《永晝歌》吧！反正這本也不會暢銷。」

然後看見擱在一旁的日記本，忽然又有力氣繼續趕工。

三年的歲月，忽然就在新細明體下重新活過來了。

「啊，這次的申論題你們寫的怎麼樣啊？我覺得寫完像老了十歲。」期末考考完最後一科時，沈于瑄拉著我跟Benjoe問，面帶倦容。

我笑，「妳還有一夜華髮的機會，證明妳還會解題啊！有些人看到題目連寫都不知道怎麼寫呢！」

聞言，Benjoe一臉疑惑地望著我，「一夜華髮是什麼啊？」

我們哈哈大笑，我拍拍他的肩膀，「唉，這句話你之後也用不到啦！」

他噘起嘴，委屈巴巴。

沈于瑄攬住我們的肩膀，笑說：「好了，吃飯吃飯，慶祝一下我們逃離期末地獄了！」

我們一同到女九舍旁的自助餐，我一邊夾菜一邊碎唸：「人家考完試都去唱歌看電影，結果我們幾個居然還是來吃六十塊就能吃飽的自助餐。」

「妳以為每個人都跟妳一樣有錢啊？」沈于瑄夾了幾片生菜，睨我一眼。

「跟妳說過好幾次了，寫小說真的賺不了多少錢，我的生活費都來自於我的家教費。」我無辜地喊：「而且我更新速度超慢，上次出書已經是半年前了。」

Benjoe看著我們倆拌嘴，忍不住笑，「好啦！我們開心吃飯！」

我們結完帳後找個位子坐下來，電視正好在播放EXO第四次世界巡迴演唱會下個月就要在臺舉行，我趕緊叫他們兩個閉嘴，一個人看著螢幕上的人流口水犯花癡。

「……我到現在還是覺得如瀅的形象跟追星不搭。」沈于瑄無奈地說。

「如瀅的錢都花在追星上了吧？」Benjoe說。

我見他們兩人一搭一唱，送了他們一人一把眼刀，然後低頭繼續吃我的高麗菜。

手機忽然震動起來，我打開來看，是張文茜。

我接聽電話，聽見話筒那頭傳來她雀躍的聲音，「李如瀅，我有很重要的事要說。」

「什麼事？妳交男朋友了？」我問。

「哎喲！男朋友算什麼？我有個同學是站姐，她剛拿到四巡的公關票，一共四張，打算找我、妳還有書榆一起去。」

聞言，我嚇得差點就把手機摔到地上，不敢置信地問：「真的假的？」

二巡的時候，張文茜在準備指考，我們只好相約三巡再去。

三巡的時候，總算是有錢也有閒了，我們三個一起到網咖去搶票，結果無論是搖滾區還是座位區都搶不到，氣得我們當時當街怒吼，最氣人的是，三巡來臺那天還要幫朴燦烈慶生啊！

歷經了這麼多年，我們終於可以去一睹小哥哥們的風采了。

我簡直感動得要痛哭流涕，腦袋裡盡是我用力揮舞愛麗棒，朝臺上大喊：「EXO！撒浪哈加！」的畫面。

張文茜問：「妳買愛麗棒了嗎？我們打算團購，要加嗎？」

「當然……」

話還沒說完，手機忽然又震動了一下，我把手機拿到面前，看見是出版社傳來的訊息，差點兒就要把手機摔了。

「二月十日是全國書展，我們決定幫妳辦場簽書會，讓妳能跟粉絲相見歡。有任何意見嗎？」

有，我的意見非常多。

為什麼全國書展什麼時候不挑，偏偏跟EXO四巡演唱會同一天。

我欲哭無淚，朝對面正吃得津津有味的沈于瑄和Benjoe問：「你們覺得我該去EXO演唱會還是我的簽書會？」

聞言，沈于瑄不假思索地回答：「當然是簽書會啊！明年還能看演唱會，可是誰知道妳明年會不會就過氣了。」

我沉默。

編輯又傳來了一則訊息：「如瀅，好嗎？」

話筒另一端的張文茜不斷大聲喊：「喂？李如瀅呢？打電話到一半被外星人抓走了？」

嗚嗚嗚，我也好希望自己現在被抓到EXO planet。

我舉起手機，帶著哭腔對張文茜說：「五巡再約吧！我那天剛好要去書展辦簽書。」

再見了，金珉錫、金俊勉、邊伯賢、金鐘大、朴燦烈、都敬秀、金鐘仁、吳世勳。

嗚嗚嗚嗚，我好想看你們啊！

殊不知，過沒多久韓國公布了新的兵役法，EXO年長的幾個成員隔年就要服兵役了——這都是後話了。

寒假很快就到來了，寒假的第一週，媽媽跟李叔叔公證結婚了，他們趁著過年前請假到國外度蜜月，留我一個人看家。

幸好今年我早有打算回老家過年，不然跟一個陌生人過年實在有點不適應。

我的家教學生是個高二生，這個寒假大概就是她最後一次放鬆的假期，然而她的媽媽要她開始認真準備，突然就從五光十色的玩樂生活被抓到書桌前坐好肯定會覺得不舒服，我本想跟她的父母溝通幾句，後來想想以我的身分也不好說話，只好按照他們的要求陪孩子讀書，自己可以邊幫她改作文邊做自己的事，工作內容算輕鬆。

我給她出了一張英文考卷，自己在旁邊拿筆電修稿。

《單戀日記》在前幾個禮拜就完稿了，現在就差修稿，大概就可以寄給編輯開始準備出版的事宜。

說是修稿，其實劇情根本就沒有什麼地方可以改，我答應過十八歲的自己一切如實呈現，能夠修飾的只有字詞跟用語。

唉，我發誓以後再也不寫真實經歷的故事了。

正當我在思考要怎麼去修飾女主角說自己喜歡邊伯賢時的用詞時，忽然發現有雙水汪汪大眼正盯著我，我被盯得不自在，便闔上筆電，和她大眼瞪小眼，她發現我的目光趕緊侷促地低頭繼續埋頭苦幹。

我忍不住笑，這不就跟我國、高中時偷看小說時的樣子一樣嗎？

「妳有什麼話就說吧！」我笑說。

她這才恢復正常，抬眼望我，可憐兮兮地說：「其實我只是想知道老師在寫什麼，我等《永晝歌》第五卷等得好苦啊！」

我忍不住在她腦門輕輕敲了一記，「妳也認真一點，當年我有個朋友學測考不好，她爸就說要把她所有明星周邊全部拿去燒掉。」

「真的假的？」她有些詫異，忽然露出了屬於這個年紀的女孩，慧黠的笑容，「要是我爸媽把妳的書給燒了，妳能再送我全新的嗎？」

「那也要妳指考考好啊！」我答。

聞言，她忍不住抱頭大叫，果然對準考生而言，「指考」兩個字最管用。

「那老師妳現在在寫什麼樣的故事？是續集嗎？」她眨巴著眼，朝我撒嬌。

我笑，十七歲時的我也是這個樣子嗎？

我見她考卷也寫得差不多了，便隨口答：「我在寫一個女生單戀另一個男生，整個高中三年都在追他的故事。」

她有些詫異，「我以為老師不會寫這種書，不是說早戀影響學習嗎？」

我忍不住哈哈大笑，「都什麼年代了？還早戀影響學習呢！」

我沒有說，其實我在高中時看著他的成績下滑，也曾這樣暗暗地想過。

「那結局呢？結局他們有在一起嗎？」她忽然問，眼底盡是認真的光芒。

我被她的目光給嚇到了，十七歲的我也是這樣，處處較真。

結局他們有在一起嗎？

我不敢回答問題的答案，觀眾真的樂見這個結局嗎？可是十八歲、二十歲的李如瀅卻不得不接受它。

我笑，就像望著過去的自己，「不要去在意結局是什麼，重要的是故事的過程，就算是爛尾也要接受它。」

她望著我，呆呆地問：「老師，妳有單戀過人嗎？」

我格外誠實地點頭。

「嗯，我有。」

她垂下頭，像隻戰敗的公雞，低聲說：「我也有，我本來想跟他一起去附中的，結果後來我們一個去成功，另一個去了景美，然後他居然就交了女朋友了……」

我看著她，有些心疼，忽然又想起過去的自己。

我戴著寬和的笑容，輕輕摸她的頭，她抬頭看我，眼眶有些紅，我朝她說：「妳今天表現得不錯，老師決定讓妳當這本書第一個讀者，單戀是這世界上最孤獨，也是最快樂的事。和他在一起的瞬間，我覺得自己是這世上最富有，也是最空虛的人。在妳覺得孤獨的時候，請不要忘記當時熱切地追著他的自己，不得不說，單戀是年少時期最值得紀念的一件事。」

她忽地就哭了起來，就像當年的我一樣。

我笑著打開筆電，打算打開第一章來給她看，我按下電源，電腦像死了一樣怎麼也打不開，我就像在為人做人工呼吸，用力按了好幾下電源，無奈卻毫無反應。

不是吧？才用三年就壞了？

我欲哭無淚，還沒存檔啊！

她看著我一副要哭了的樣子，好奇地探頭問：「老師，怎麼了嗎？」

我乾笑，指著電腦說：「我改天再給妳看吧！我的電腦生氣了。」

嗚嗚嗚，我今年是不是犯太歲啊？

國際書展就這麼到來了，我一早就到出版社的攤位，看見後頭大大的背板，寫著「《永晝歌》系列高人氣新星作家逢縈簽書活動」。

我呆呆地望著背板，後頭忽然傳來編輯的聲音：「如瀅！妳也太早來了吧！」

我苦笑，要是可以我也想要不來，然後去看演唱會啊！

「話說妳的稿子何時要給我看啊？妳知道我每天都在等妳的mail嗎？」她劈頭就問，我忽然感到壓力山大。

我哭笑不得地說：「等我送修電腦吧！先過年！」

「妳今年過年要回老家啊？」

我頷首，「嗯，明天就回去了，不然我爸會太孤單。」

「哈哈，真孝順。」編輯拍拍我的肩膀，「妳先去準備一下吧！放鬆一下手，熱身一下，免得肌腱炎。」

我以為編輯只是開玩笑的，沒想到來的人還真的挺多的，從國小生到三十幾歲的人都有，還有很多叔叔、阿姨級的讀者看到逢縈居然是個這麼小的小女孩還嚇到。

「少年得志，挺不錯的。」某個四十幾歲的大叔看著我的簽名，讚不絕口。

我只得撓頭傻笑。

「逢縈！麻煩妳寫鄭永在攬月齋吟詠的詩在封面好不好？」

「逢縈姐姐，能祝我指考順利嗎？」

「所以逢縈妳到底何時才要出新書？」

我瞬間明白了那些大明星的感覺了，原來簽名真的會簽到手痠，比寫申論題還累，但是帶來的回饋比答對申論題還要豐盛許多。

我笑著朝每個來參加簽售會的讀者打招呼，聊天，道別，時間過得特別快，沒能去看EXO演唱會確實遺憾，但是在這兒得到的成就感絕對無法用筆墨描繪。

我低頭整理上一個讀者留下的暖暖包，心底湧上無比的暖意，就在此時，下一個讀者在我的桌上放了個東西，眼角餘光看見好像是杯子蛋糕，爽朗的男聲響起，是幹練的北京腔。

「李如瀅，麻煩妳了，我的舍友們非得要我請妳幫他們一人簽一本，知道我們認識也用不著這樣整我吧！」

我心一緊，抬頭望跟前的男人。

過了這麼多年，他的眼神還是如初，那個不羈的少年。

「文胤崴。」我脫口而出他的名字。

穿著高領毛衣的他露出一口皓齒，笑臉盈盈地說：「好久不見。」

我愣愣地頷首，隨即侷促地低頭，握著簽字筆的手都在顫抖著，顫著聲線低聲問：「你要我寫什麼？」

李如瀅，妳在緊張什麼啊？

他想了下，轉頭看下後頭排隊人潮，「不然這樣好了，我等妳結束再來找妳吧！不然後面還有好多人還沒簽。」

他把滿桌子的書收起來，然後朝我笑說：「餓了就先吃桂圓蛋糕吧！我剛下飛機時買的。」

剛下飛機？你剛下飛機就來找我？

我傻傻地望著他朝我揮手告別，消失在人海裡。

不等我反應過來，下個讀者就衝上來，看起來好像非常興奮，書一不小心就把桂圓蛋糕擠下桌子，我趕緊拿起桂圓蛋糕，心疼地將它置在腿上，一直到簽售會結束，它都還放在那兒，小心翼翼地被我保護著。

忙了一整天，簽售會總算是結束了。

編輯看了下時間，然後朝我笑說：「妳現在應該還趕得過去看演唱會吧？」

我哭喪著臉，票都賣出去了，哪來的演唱會給我看？

「我今天聽到最多的話就是，沒想到寫這種仙俠小說的居然是個女大學生，還以為是個男生呢！」編輯揶揄我。

我看了下今天的穿搭，一根休閒的鄉村辮、一頂貝雷帽還有碎花襯衫和長裙，難道只有言情小說作家能這樣穿嗎？

「對了，有個男生在場外待著，一直在看妳的書，長得挺帥的，妳要不要去搭訕一下啊？不然妳恐怕這輩子只能跟易殊在一起了。」

我問：「為什麼是易殊不是其他人物啊？」

「因為鄭永跟郁晝已經組ＣＰ了，妳那麼久沒更新已經造成民怨了，妳確定還要拆ＣＰ嗎？」

「……我真的不是在寫耽美小說啊！」我無辜地喊。

編輯無視我的抗議，拍拍我的肩膀，朝我笑說：「趕快回家休息，去修電腦，然後趕快把稿子交出來，不然妳想看我爆氣嗎？」

我看著她的笑容，覺得全身雞皮疙瘩都起來了，趕緊喊一聲：「Yes sir！」然後收拾回家。

我就這麼提著兩大袋讀者送的禮物離開展場，剛出展場就看見文胤崴站在柱子旁，手裡拿著外套，顯然是嫌臺灣太熱。

他發現我的目光便朝我喊：「結束了啊？」

我頷首，他拖著行李箱朝我走來，還真的是剛下飛機就來找我。

「沒想到妳的人氣真的那麼高，我們全房都是妳的粉絲呢！聽說妳是女生後他們還不相信，還以為一定是留男生頭的那種女生。」

我笑說：「怎樣？我不能寫仙俠小說啊？」

「當然可以啊！咱們李如三最剽悍了，翰青第一俠女不是浪得虛名的！」他喊。

時光好像瞬間回到了高中時代，久違聽到高中時代奇怪的綽號，格外令人懷念，好像沒有三年的隔閡，此間的少年就這麼站在我面前。

一陣寒風吹來，冷得我一陣哆嗦，忽地文胤崴伸手到我的頸邊，我愣愣地望著他，再順著他的手勢，一看發現他正在替我整理領子。

他沒有發覺我的目光，嘴中叨念著，「簽書會有這麼忙嗎？居然忙到沒時間整理領子。」

整理完領子後，他接過我手中的袋子，拉著行李箱往前，朝我說：「走，咱們去吃飯，替我接風一下吧！」

我望著他的背影，他的個子好像又高了，肩膀也寬了，不變的是依舊頑皮的髮絲。

他忽然轉頭，驀地就四目相接，我趕緊別過頭，只見他朝我招手，「喂！別老站我背後啊！」

聞言，我立馬趕上他的步伐，隱隱約約的感覺得到，他正為了我而放慢速度。

我們在一間火鍋店落腳，好在剛好有兩個人的位子，一坐下來我就像個小孩朝手心哈氣，看著嘴裡冒出的白煙覺得驚奇而有趣。

驀然發現他正望著我，嘴角噙著笑，我趕緊像是被抓到上課偷吃東西，若無其事地把手藏到背後。

他笑，「很冷嗎？」

「嗯。」我答。

「北京現在更冷，昨天還下雪了呢！」

一聽到下雪我就有些興奮，「真的嗎？我這輩子還沒看過雪呢！」

他看著我這副驚奇的模樣，特別憤慨地說：「妳可別以為真的會是一片雪白，髒死了，對我們來說就是天降垃圾啊！還要去剷雪，累死了。之前我們房裡那幾個傢伙幼稚得要命，非要抓著我去打雪仗，都幾歲的人了？真是的。」

他拿出手機，給我看北京下雪的照片，照片中還可以看見一個男生被文胤崴那幫室友埋進雪裡，我忍不住笑他們這群狼心狗肺的傢伙，要是人家凍傷了怎麼辦？

他絮絮叨叨地講起宿舍裡的事，他們房裡一共四個人，然後他排行第二，大家不是叫他二哥就是老二。

聽到此，我忍不住揶揄他：「怎麼高中屈居第二，連大學也擺脫不了二這個數字呢？」

「對！這就是最氣人的地方！明明爺學測就考了第一名，大家回想起來的第一名還是蘇墨雨啊！」他憤憤地說。

他繼續說，他們房裡除了他還有個港澳臺聯招進來的臺灣人，叫做陳澄南，是個臺商小孩，這次回來就是陳澄南替他打理的。

「其實我跟老三都覺得臺灣是個好地方，老三還邀我回來臺灣創業。」他突然說。

我望著他，火鍋熱氣蒸騰，模糊了他的臉龐，只能略微看見他的輪廓。

「我有打算回來考臺大研究所，以後留在臺灣發展，最起碼我有個富二代當靠山。」他喝了口湯，逕自說：「而且我以前答應過某人要一起讀臺大。」

聞言，我瞪大了眼，不敢置信他剛才說了什麼。

他又轉了話題，跟我聊在北京的點點滴滴，還直說：「回到北京就特別想念麵線，我認真的，以後我一定要研發烤鴨麵線，以後我無論到了哪裡都可以吃到兩種我愛吃的食物。」

我笑，「你確定這吃起來不會像廚餘嗎？之前熱音社某個團叫『巧克力麵線』我就覺得很噁心了。」

「唉，大膽假設，小心求證嘛！」他嘆，「實驗精神懂不懂啊？」

我們就這樣把這三年空缺的記憶給補齊了，他說，他在北京過得不錯，牛人太多了，別說是第二名，沒有被當就該偷笑了。

這三年間的他好像就這麼鮮活地出現在我眼前，他似是沒變，似是變了，我也說不上來是什麼感受，只知道，他的眼神變溫柔了。

完食已是晚上七點半，我問：「你何時南下啊？」
他提起背包，邊翻找邊回答：「我記得是八點，陳澄南幫我買的票。」
他翻出一個信封，拆出來看，忽然就大叫：「陳澄南那個王八蛋！」
我湊過去看，看到上面時間也咋舌，二月十一日早上八點的票，是要文胤崴住哪啊？
「你們不是一起回來的嗎？怎麼不一起搭車啊？」我問。
他扶額，面露倦容，「一下飛機他們全家人都來了，活像黑道片裡的綁架橋段，一群黑衣人圍著他，帶他上轎車，直接把他載回新竹。我又跟他不順路，聽說妳要辦簽書會就坐機捷來臺北找妳了。」
我有些感動地望著他，沒想到他剛下飛機就想到我，我的情商好像又退化成高中生，因為一點小事就牽動情緒。
「哎呀！這下我今晚要怎麼辦啊？浪跡臺北嗎？」他抱頭大叫。
我望著他這樣焦急的樣子，不知怎地，忽然就說：「那你要來住我家嗎？正好我媽不在家。」
看著文胤崴的臉瞬間紅了，我才發現自己說了很不得了的話。
說完沒多久我就後悔了，卻又不捨讓這個傢伙在街上到處找旅館，只好不斷催眠自己，姐走的是純情路線，嗯，沒什麼的。
直到鑰匙插入門鎖那刻我還是全身顫抖，我到底在幹嘛啊？
我推開家門，讓文胤崴先進門，然後指著一側的房間說：「客房在那邊，你不用睡沙發。」

他笑，「妳怎麼知道我已經做好睡沙發的心理準備了啊？」

我逕自換上拖鞋，把另一雙室內拖扔到他面前，伸個懶腰，本想直接倒在沙發上，忽然想到，文胤崴在這邊啊！我立馬將重心擺正，活像一個壞掉的鐘擺。

他換上拖鞋後，像個士兵立正站在沙發旁，我被他這副正經的樣子給嚇到了，忍不住問：「你現在是怎樣？」

「我只是在想，妳的手稿放在哪兒，我好想知道郁晝越獄成功了沒。」他像個菜市場推銷自家水果的老伯搓手，惹得我忍俊不禁。

「我只有大綱有手稿耶！其他都存在電腦裡了。啊！等一下！」我突然想起電腦壞了，然後眼前這個傢伙是理工科的，便露出諂媚的笑容，「你是計算機專業的吧？我的電腦壞了，你能幫我修好嗎？修好我就給你看第五卷。」

聞言，他忍不住大叫：「怎樣？妳沒有工具人學長幫妳修電腦嗎？」

我笑噴，「你怎麼那麼了解臺灣大學生的梗？」

「因為老三整天翻牆看批踢踢，整天跟我分享這些有的沒的。小爺這輩子還沒幫人無償修過電腦呢！」他說。

我忍不住問：「就真的沒有學妹請你幫忙嗎？」

「我才看不上學妹呢！」他氣急敗壞地吼。

我沒有接著問，那你現在交女朋友了嗎？

「所以妳到底要不要我修電腦啊？沒有學長的邊緣人學妹。」他問。

我回嘴：「你才邊緣人學長啦！」

然後回房間把電腦拿出來，放到桌上，臉上堆滿笑容，煞有介事地說：「那就麻煩學長替我修一下電腦囉！修完我再加你LINE。」

他嫌我礙事，擺手，「走開，妳先去洗澡，等一下出來保證讓電腦變得跟新的一樣。」

我笑看他一臉認真地拿工具拆開電腦，然後依依不捨地離開客廳。

我一邊沖澡一邊回憶今天發生的事，沒想到就這麼重逢了。

那我還喜歡他嗎？

我無法回答這個問題，只知道，今天的一切太美好了。

吹完頭髮到客廳時，看見他正坐在沙發上滑手機，而電腦也像復活了一樣，桌布上笑得燦爛的EXO照片像在宣告它的生命值。

我笑說：「不錯嘛！」

他這才發現我的到來，關上手機，得意洋洋地朝我說：「就跟妳說吧！」

我懶得跟他爭，隨口就說：「好好好，知道你厲害了。」

「桌布上還是那個什麼EXO哦？」他問：「妳喜歡一個東西還喜歡真久。」

我頷首，沒有多說什麼。

是啊，我對喜歡的事情特別執著，喜歡一個東西可以喜歡很久很久。

比如高中時代喜歡你。

我也有些累了，打了個大大的哈欠，囑咐他牙膏、牙刷、毛巾已經幫他放在洗手臺上了，然後就逕自回房。

「晚安，李如瀅。」

他的聲音從後頭傳來。

好久沒聽到這句話了。

我推開房門，直接倒在床上，明明很累了卻睡不著。

我就這麼睜著眼呆望著天花板，直到房外熄燈了也沒有睡意。

第二十五章　往者不可諫

一直到半夜三點我才睡著，才六點半就被鬧鐘給吵醒了。

睡眼惺忪的我推開房門，走出房間，聽到客廳傳來電視聲，便走進客廳，看見文胤崴正在看新聞，這才回憶起昨天的事。

我去參加簽書會，文胤崴剛下飛機就來找我，他的兩光室友給他買了隔天的火車票，然後我就帶他回家了。

我嚇得抱頭，差點兒要大叫：「我在幹嘛啊？」

文胤崴發現在客廳門口的我，笑說：「起來啦？趕快去收行李，我們回去吧！」

我前幾天就收拾好行李，就差還沒買車票，文胤崴很神奇地跟我說，他們老三在當散財童子，居然買了兩張車票。

雖然覺得事有蹊蹺，我還是欣然接受了這多出來的車票，不然我可能要站好幾個小時才能回家了。

逢年過節的臺北車站總是擠滿了人，我叫文胤崴先等我一下，讓我去超商買杯熱拿鐵。

「怎樣？沒睡好？」他問。

我頷首，心中暗罵，還不是因為你。

「好啦！我等妳！」他見我看起來真的很累，便不多說什麼，接過我的行李，站定位等我。

我買了兩杯中熱拿，提著紙袋出來時赫然發現人潮洶湧，都看不見文胤崴了。

我急得趕緊打開手機，突然想到還沒跟他要電話，也不知道以前的ＦＢ帳號還有沒有在用。

正當我躊躇要不要離開去站務中心時，一隻大手忽然覆上我的手掌，拉著我前進。

「人怎麼突然就變多了啊？妳不要恍神，好好跟著我，等一下走丟了就不好了。」

我愣忡望著他的背影，視線往下，就能看見正緊緊拉著我的那隻手。

我想都沒想，堅定地回握住那雙手。

我們順利搭上了八點南下的自強號，文胤崴讓我先進座位，逕自安置好我們的行李後才坐下。

我把剛才買的咖啡遞給他，「喝咖啡嗎？」

他接過，笑說：「喝啊！可是都是熬夜寫報告時隨便沖的雀巢三合一。」

「能有咖啡喝已經很好了，我熬夜寫小說時都是隨便沖那種在大賣場賣得很便宜的茶包。」我笑，然後輕啜一口咖啡，可惜還是沒有驅逐睡意。

他也啜了幾口，然後從背包裡拿出一本書，我忍不住脫口而出：「又要背國文注釋啊？」

連我也被這句話給嚇到了。

他有些震驚，然後「噗哧」笑出聲來，「妳大學還要考國文注釋啊？」

我們早就脫離要趕著在校車上背早修要考的注釋的年紀許久了。

文胤崴的歸來像是要把我帶回高中時代，我總不自覺地想起高中枝微末節的小事，就連在校車經過加油站時，腦裡盤旋的單字都想起來了。

我甩開這些念想，別過身，朝他說：「我先睡了，等快到了再叫我。」

他「嗯」一聲，我累得眼皮像灌鉛似的，不出半會就進入夢鄉了。

還沒到站我就被外頭刺眼的陽光給弄醒了，我微慍地皺眉，實在受不了就睜眼要去拉窗簾，起身時發現身上一塊布料就要掉到地上了。

是文胤崴的外套。

我望向身旁的人兒，他閉著眼，呼吸均勻，看起來作了好夢。

我拉上窗簾，然後拿起他的外套，輕輕地披在我倆身上，假裝沒有察覺，看見陽光透過窗簾，灑在他的臉上，好似高中時清晨的校車上，恣意在他臉上作畫的微光。

我闔上雙眼，嘴角不自覺上揚。

到站時已是下午一點多，站外晴空萬里，不如臺北的天空陰鬱，陽光刺眼得完全不像冬天。

我們拉著重重的行李箱，一出站就看見一輛灰色轎車朝我們按喇叭，搖下車窗，看見爸爸笑臉盈盈地朝我們說：「好久不見啦！」

他趕緊下車替我們打開後車廂，幫忙我們把行李放上車，然後再領著我們到車子後座。

「真的好久沒看到胤崴了，感覺又變帥了。」一上車，爸爸劈頭就花式稱讚文胤崴一番。

「呵呵，叔叔過獎了。」文胤崴撓頭傻笑，臉上寫著大大的「得意洋洋」四字。

「沒有沒有，叔叔向來不客套的。話說，胤崴在清華交到女朋友了嗎？」爸爸突然八卦兮兮地問，聞言，正好在喝最後一口拿鐵的我差點就要嗆到，恨不得把這份好奇心連同不舒服的感覺一起咳出來。

文胤崴乾笑，似是朝我這兒瞥了一眼，「讀書都來不及了，哪來的時間交女朋友啊？」

「看來大陸真的很競爭，我們家如瀅還能在大學交男朋友，啊，不過分手了。」

聞言，我也顧不得什麼倫理道德，狠狠地瞪我爸，多嘴什麼啊？

「呵呵，是嗎？」文胤崴笑了，還光明正大地望了我一眼，眼珠子裡的笑意都被我看在眼底。

我們幾個敘起舊來，一路上話沒有少過。

文胤崴神采奕奕，好像比高中時更有自信了。

爸爸突然說：「不過胤崴你不是昨天的飛機嗎？怎麼會跟如瀅一起回來呢？」

聞言，我嚇得冷汗直流，趕緊轉頭對文胤崴使眼色，用氣音懇求他：「不要說。」

要是讓我爸知道我帶一個男生回家過夜，說不準他就會嚇得急踩煞車，別說讓文胤崴回北京了，恐怕我們三個都沒辦法回去過年了。

文胤崴不解地看著我，小聲地說：「可是我們之前不是還一起住過一間民宿？」

那不一樣啊！好歹還有其他人啊！

我不斷對他擠眉弄眼，他總算是會意了，便答：「我不小心買到今天的車票，剛好去臺北參加李如瀅的簽書會，晚上就去住旅館，等早上再跟李如瀅會合。」

我鬆了口氣，感激地看著他，感謝他扯謊，讓我們能夠活著過年。

「那你何時要回北京啊？」爸爸問。

「春節以後就回去，我就待十天。」

我聽著他們一來一往，也沒有加入的意思，逕自望著窗外發呆，細細地望著我熟悉而陌生的景致。

上了大學後我很少回家，待在臺北與故鄉的時間恰恰和高中相反，大概一兩個月才能回家一趟。

我推開房門，這三年來房間擺設從來沒有變過，因為久久才有人住，房間少了幾分人氣。我把包包放在椅子上，打開來整理下行囊，把筆電從包包裡拿出來放在桌上充電，卻看見桌子都生灰塵了，就去洗條抹布來擦乾淨，抬頭看見掛在窗戶上的捕夢網，唯有它見證了這三年的變化，只剩下一根羽毛掛在上頭，看上去有些可憐。

我並不是沒有想過要重新擺設下房間，因為知道未來在這位子上讀書時不會再看見對面窗子的少年，所以想要給桌子換個位子。

只是，每當我起了這個念頭時，看見掛在窗上的捕夢網就忽然生了希望，我不知道它從何而來，只知道它曾帶給我了無上的歡愉。

整理完後，我倒在床上發懶，看著昨天EXO演唱會的影片假裝自己有在現場，打算就這樣度過整個下午。

當我看完打算連去年三巡的ＤＶＤ也翻出來看時，對面窗子忽然傳來文胤崴的喊聲：「喂！李如瀅！」

我依依不捨地放下手邊的影片，一個鯉魚打挺起身到窗口看他，只見他笑說：「妳能陪我回翰青打球嗎？蕭堯他們約我。」

我低頭看了下霸氣十足的金俊勉，再抬頭看對面笑得燦爛的文胤崴。

嗚嗚嗚，對不起了，等我晚上回家再看你們吧！

我們倆一起到車站等車，我冷得直哈氣，連圍著圍巾都還是沒有溫暖的感覺。

「欸，李如瀅。」文胤崴突然喚我。

「嗯？」我抬頭望他。

他低頭看我，笑了下，「沒事，就是想叫妳。」

我睨他一眼，「你很無聊耶！」嘴角卻不住地上揚，連我也不明所以。

我們就像高中時期等待校車的學生，只是身上沒有穿制服，臉上也不再是那樣的青澀。

每個高中同學看到現在的我總會驚艷地說：「妳變了好多啊！」

大學的我會打扮了，變得有自信了，不再是高中那個畏首畏尾的人。

只是，我忽然想要回到高中生活，回到那個有他的日子。

通往翰青高中的公車來了，上車一瞬間，我彷彿看見座上的高中生李如瀅和文胤崴，一人正在背單字，另一人正在閉目養神，背單字的女孩忽然探頭，偷偷摸摸地偷瞄身旁的男孩一眼，然後漾起淺淺的微笑，默念正看見的單字。

Cherish.

這的確是對她而言，最珍視的時光。

我笑眼望著那兩個座位，心情忽然就好了起來。

文胤崴回頭催促我，「妳發什麼呆啊？」

我趕緊跟上他的腳步，他讓我先進去坐靠窗的座位，就像過去一樣。

我想，這不只是去翰青的公車，我們乘上的是時光的客運，帶著我們，回到那段珍貴的時光。

這三年間翰青高中完全沒變，說來可恥，我這三年從來沒有回去翰青，畢業時答應班導要常回來，最後還是沒有兌現。

畢業後我曾因為不敢面對高中和文胤崴的回憶而拒絕回翰青，就連吳睿鈞他們約運動會要回去也婉拒。

因為深怕我所深愛的翰青不過活在回憶中，而那段記憶已經隨著時光還有我一次又一次的思念而美化，舊事不堪重遊，一旦發現有落差，那是多麼可悲的一件事。

沒想到我現在居然回來了，還是跟著文胤崴回來的。

一進校門便能看見紅榜，而全校前幾名清一色都是醫科班的，惹得文胤崴大嘆：「看來我們幾個已經是翰青普通班的傳奇了！」

我忽然想起過去他指著紅榜笑我尚須努力，然後我氣得直說：「你也考個第一名嘛！」

記憶忽然就朝我襲來，我無所適從，只能任憑當時的李如瀅領著我們繼續這場回憶之旅。

我們繞過每個教學大樓，校園的每一處都有我的身影，洗手臺、圍牆的窟窿、教室旁的樓梯間、司令臺、跑道、籃球場、教室的陽臺……彷彿就能看見高中生張文茜、林書榆、杜嫣然、吳睿鈞、陳致揚等人正在那兒談天說地，看見我時，朝我揮手致意，告訴我：「好好享受吧！」

當經過科教大樓時，文胤崴突然說：「我真心覺得科教大樓很適合當成祕密基地。」

我頷首，「是啊！很少人會經過那裡，那裡根本是翰青唯一清靜的地方，要是福利社要搬到那裡去我一定會很不高興。」

他笑，「對啊！要是我早點知道這裡，一定每次打完球就來這裡上廁所。」

我笑而不語，瞥一眼高中生李如瀅正在來廁所的路上，偷看籃球場上的男生揮灑汗水。

要是你知道這裡的話，我還能有這麼美好的記憶嗎？

除了蕭宇堯外，陳鼎鈞等文胤崴的球友們都來了。

看見姍姍來遲的我們，他們忍不住大叫：「清華大學計算機專業的資優生總算強勢歸來了！」

文胤崴臭屁地說：「怎樣？太久沒被我教訓，懷念了嗎？」

蕭宇堯哈哈大笑，「你的球技不是比我差嗎？我告訴你，我可是稱霸大化盃的男人呢！交大化學系籃隊長沒在跟你開玩笑的。」

文胤崴脫下外套，躍躍欲試，「告訴你，輕輕鬆鬆啦！」

他轉頭要我替他顧外套，然後朝我笑說：「李如瀅不是從以前就想看男生打球嗎？今天爺就來替妳圓夢。」

我無辜地喊：「我才沒有這種鬼願望呢！」

有也只是想看你打球罷了。

「不管，妳等一下就只准替我加油，要是倒戈了就把昨天的桂圓蛋糕吐出來！」他惡狠狠地說。

陳鼎鈞朝我喊：「李如瀅妳別聽他的，要是他敢對妳怎麼樣，我們絕對會讓他看不見明天的太陽。」

幾個幼稚的傢伙就這樣為了一點小事吵得不可開交，我坐在球場邊，抱著文胤崴的外套看著他們幾個吵架，然後才好好地打球，忍不住笑了起來。

要是高中的李如瀅知道我正在做她高中最想做的事，鐵定會在心底竊喜，然後表面上又裝逼地說：「我才不在乎這個呢！」

三年間感覺他們幾個的球技又進步了，打起來也是激烈得不得了。

文胤崴運球過人，在三分線就一個後仰跳投，動作快得連旁邊的蕭宇堯都來不及防守。

我無法按捺此刻的激動，拍手叫好，文胤崴轉頭看我一眼，我立馬壓抑住歡呼，若無其事地看向球場另一側，眼角餘光看見他嘴角噙著笑。

這幾個男生打起球來就打到忘我，我就這樣坐在旁邊看著他們，也不覺得無聊。

轉眼就夕陽西斜，他們幾個打到大汗淋漓，看上去還以為現在不是冬天。

「文胤崴你真的要多回來，不然每次都少了你一個，好像哪裡怪怪的。」蕭宇堯一邊擦汗，一邊說。

文胤崴拿著水壺，朝他們笑說：「幫我出機票錢我就回來！」

「哈哈，我去問問我的富二代直屬學弟願不願意幫忙，我的直屬學弟的哥哥跟你同校，也是計算機專業的。」蕭宇堯說。

「不要跟我說你直屬學弟叫陳澄什麼哦！為什麼我覺得他哥聽起來像我的室友啊？」

蕭宇堯有些震驚，「對！我學弟叫陳澄東，他哥我記得叫陳澄南。」

「靠！」文胤崴大叫：「還真的是陳澄南他弟！」

「你回去叫陳澄南洗腦一下陳澄東加入系籃啦！我已經追著他整整一學期了！」

「好啦好啦！我回家就跟老三說，等著看小學弟加入系籃吧！」

語畢，文胤崴走到我旁邊，朝我說：「該回家了！別再想留在這裡看帥哥了。」

我氣急敗壞地喊：「你不要毀我形象！我才沒那麼花痴！」

「好好好，反正妳回家也只是要換個管道看帥哥，去看EXO是吧？」他說：「還不回去趕稿！我催眠陳澄南還需要妳的小說呢！」

我起身，拍拍屁股上的灰，然後和蕭宇堯等人揮手道別。

其實我從沒想過會有這天的到來，自從畢業後就無念無想了，可是為什麼心底好像有種念頭死灰復燃了？

我和文胤崴並肩前行，他朝我笑說：「怎樣？爺打得還不錯吧！有沒有覺得很遺憾高中時沒認真看我打球？」

我笑，「還好。」

我高中時可是真的很認真地看你打球呢！

夕陽將我倆的影子拉得長長的，餘暉染得我們的頭髮都成了橘黃色，金燦燦的。

「對了。」他忽然說，笑指繞著項頸的毛巾，「妳認得這個嗎？」

我這才注意到這條毛巾，是我高三那年送給他的生日禮物，當時我想說高一都送護具了，不如高三就送運動毛巾吧！

沒想到能在三年後的今天再次看到它。

他忽然幽幽地說：「突然不想離開臺灣了，沒想到我也是個念舊的人。」

我沒有答腔。

總不可能要他休學吧！

這兩天就像一場夢，我都懷疑醒來會不會發現自己只是趕稿趕得太累，小睡一下而已。

「李如瀅，妳以前喜歡我什麼？」

我停下了腳步，抬頭看見文胤崴複雜的目光，我無法解讀其中含義。

果然沒辦法逃避這個話題，果然沒辦法毫無隔閡地假裝什麼事都沒發生。

喜歡你什麼？

我垂下頭，「我也不知道。」

他沒有回頭，我低著頭，看不見他的表情，只能看見夕陽餘暉下拉得長長的我們的影子。

又有多久沒看見並列在一起的影子呢？

我喃喃：「那麼久了，我早就忘了理由，何況，喜歡這件事需要理由嗎？」

在寫《單戀日記》時我反覆思考過自己到底喜歡文胤崴什麼，這世上比他優秀的人比比皆是，就像他常說的，學科比不上蘇墨雨，體育比不上蕭宇堯，他沒有一個美滿的家庭，他甚至沒有所有男一號該有的特質，就是深深地愛著我。

可是愛這件事需要理由嗎？

生活不是言情小說，沒有那麼戲劇化，喜歡不是瞬間的，而是日積月累，與日俱增的堆疊起來。

時間太久了，我早就忘了當初為何會喜歡他，只是在望著他的時候，腦內反射性地浮出：「啊，這就是我喜歡的人。」喜歡他這件事早就銘印在我心中了，這個事實就停駐在這兒，旋即常駐於此，趕也趕不走。

「李如瀅，對不起。」他又沒頭沒腦地說。

對不起什麼？

對不起沒有實現我們那個脆弱的約定嗎？

對不起曾經讓我那麼傷心過嗎？

我答：「沒關係。」

沒關係，早在畢業時我就說過了，我不怪你。

因為我們一個願打一個願挨。

我們就這麼沉默不語，重逢第一次的沉默像是拉大了我們間的距離，我盯著眼前漸漸隱去的夕陽，忽然覺得心口像是堵住了一樣。

趁著過年前，徐以恩約我到市區的咖啡廳喝下午茶，順道敘敘舊，雖然我一直笑她為什麼明明在同一個城市讀書，非得要回故鄉聚餐，自己也是相當期待和老朋友的聚會。

「妳不覺得情人節跟朋友過很悲哀嗎？」徐以恩劈頭就可憐兮兮地說。

我從菜單中抬起頭來，吐槽她，「對我來說今天才不是情人節，是小年夜啊！而且妳根本沒男朋友。」

「可惡，去年情人節我也是跟室友過的，齊翊綺那個傢伙跑去找男朋友，留我跟柳茵大眼瞪小眼，最後我們受不了無聊，就去找部愛情文藝片來看，後來覺得兩個人這樣過太悲哀了就只好乖乖回去睡覺。」她碎碎念個沒完沒了，好像單身是件多恐怖的事。

「沒差啦！我去年情人節還不是跟鄭永過的，還不是過得好好的。」我無所謂地回答，然後順手把點菜單給服務生。

徐以恩見狀，趕緊埋頭看菜單，然後再跟服務生說要喝水果茶就好。

「話說，文胤崴回來了吧？」她突然說。

我頷首。

她小心翼翼地問：「那妳還好嗎？」

我明白她在說什麼，還是佯裝不知道，假笑，「有什麼不好的嗎？不就是老朋友回來嗎？」

她像是看穿了，殷切地看著我，「妳明知道我不是說這個的。」

我嘆口氣，「嗯，我知道。」

「妳還喜歡他嗎？」

認識徐以恩那麼多年，她第一次開門見山地問起我不想提的事，我望著那雙澄澈的眼眸，忽然有些手足無措。

現在的我不再是當年那個追著文胤崴的女孩，三年的時光說長不長，卻足夠我擴展整個世界，我不再是那個怯懦的女孩，只是，再見他時，彷若回到高中那個自卑而懦弱的時光，令我措手不及。

我想了很久，才張口說：「我不知道。」

她蹙眉。

「都過了久了，不得不說畢業那天他的樣子真的讓我很心痛，我已經花了三年想要去遺忘他，甚至還要寫小說告別這段感情，偏偏這時候他就回來了。孔子曾經這麼說過，『往者不可諫』，都過去了，我也不想追究這件事了。」我停頓了下，「而且他現在看起來很奇怪，好像變了。」

「奇怪？哪裡怪了？」她問。

「我總覺得，他好像在彌補我些什麼。」我說。

忽然想起這幾天他的表現，太奇怪了，感覺不斷在對我示好。

她冷哼，「有什麼好彌補的？明明當初就是他自己那麼渾蛋。」

是啊！有什麼好彌補的？

「好啦！我們開心喝茶，不要再提那個傢伙了！我們李大才女很快就會再交男朋友的！」她轉個話題，隨口聊起即將去實習的事。

我望著窗外陰鬱的天空，不斷告訴自己，都過去了，不要死攥著回憶不放。

時間不早了，我和徐以恩離開公車站，分道揚鑣。

一路上我無法克制地回憶這幾天發生的事，先是文胤崴一下飛機就趕來找我，再來是莫名多出來的車票，接著是找我回去翰青打球。

冥冥之中，我感覺得出來事情不單純，可是不知該如何面對自己的臆測。

當我正在思考回去要怎麼修《單戀日記》時，看見一個高大的身影迎面走來，一陣風吹來，灑了滿地金黃的臺灣欒樹的葉子卻遮不住來人的耀眼。

是文胤崴。

他朝我走來，臉上是燦爛的笑容。

我傻望著他，「你怎麼在這裡？」

「剛買東西回來，沒想到就這麼剛好遇上妳了。」他說：「聽說妳跟徐以恩去吃飯了，怎樣？她最近還好嗎？」

「還不錯吧！下學期開始要去實習了，她應該也沒有考研的意思。」我答。

我們倆就這麼有一搭沒一搭地聊了起來，可我心底總有點疙瘩，不知怎地，看著文胤崴的笑容居覺得有些遙遠。

我沒有把心中的困惑說出口，繼續和他閒話家常。

就在這時，後頭傳來機車的引擎聲，轟隆隆地，顯然就是改裝過的。

我還來不及反應，一雙大手就把我摟入懷中。

我驚魂未定，看著旁邊車道的明黃色機車呼嘯而過，而文胤崴朝機車騎士遠去的背影大罵：

「你他媽無照駕駛啊？去你的小流氓。」

我被他的舉動給嚇到，趕緊掙脫他的懷抱，忙安撫他，「我沒事，你小聲點，誰知道這兒有沒有他的兄弟啊！」

他這才憤憤地碎念：「這條路的紅綠燈根本就是參考用的，就跟學測數學後面的參考公式一樣，毫無參考價值。」

說完便拉著我到他的右側，「妳就站在這兒吧！等等就算被車撞也有我擋著。」

我頷首，滿腦子卻還是剛才的溫度，掌心還有方才文胤崴手掌的餘溫。

我們不再對話，就這麼沉默地前進。走著走著就到了社區前的巷子，我驀地想起了畢業那天，撐著傘在路口等他的畫面。

「文胤崴。」我鬼使神差地喚他。

他低頭望我。

我總算按捺不住好奇心，抬眸望著他，像要望穿他一般，語氣平靜地說：「其實車票的事是早有預謀的吧？」

興許是老早就知道會被揭穿，他顯得相當平靜，輕輕地頷首。

「嗯。」

他忽然想起了什麼，瞬間又侷促了起來，「不過我當初是真想10日就回家的，誰知道陳澄南那個小王八蛋會買錯日期。」

我沒有理會他的解釋，淡淡地問：「為什麼？為什麼？」

「什麼為什麼？」

一看就知道在裝傻。

我嘆口氣，「你為什麼要買兩張車票？為什麼執意要來找我？」

他自知無法再打迷糊帳，看起來同樣疲倦，啞著嗓子，低低地說：

「李如瀅，妳真當我回來就只是為了過年嗎？」

即使早猜到答案是如此，我還是不住地心跳不止，我竟不知這心跳是來自於心動還是恐懼。

我盯著他的瞳仁，看見的卻是十八歲的自己，哀傷的眼神。

他握住我的手，眼神堅定。

眼看當初的自己淚水就要奪眶而出，我甩開他的手，逕自向前走。

「李如瀅！」

他抓住我的肩膀，大手一攬就把我禁錮在懷裡。

「李如瀅，回答我。」

我抿起嘴，死命地盯著他，就像畢業那天一樣，決絕而可悲。

「文胤崴，我不相信你，你不知道我等你等了多久，六年了。你的喜歡絕對沒有我久，你不過是臨時起意罷了，就算我現在答應你，你過不了多久就會回北京，然後就會像當年跟杜嫣然一樣，敵不過遠距離，搞不好你就會拋下我，在北京另尋新歡。我怕了，真的怕了，過去的事就讓它過去吧。」

他望著我，眼底是無限的悲傷，我別過目光，不願和他四目相接。

「李如瀅……」

我掙脫開他的懷抱，轉身離去，眼淚如斷線珍珠落下來。

「李如瀅！」他朝我大喊，字字如碎玻璃，朝我襲來，我第一次發現原來自己的名字這麼有攻擊性。

我沒有回頭，反而加快了腳步。

「玫瑰之所以珍貴，來自於你花在它身上的時間。妳的日記裡不也是這麼說的嗎？還有妳的Instagram……」

我走得更急了，害怕聽見他的任何一句話，觸動心底的開關，一發不可收拾。

他沒有追上來，聲音逐漸遠去。

隱隱約約間，我聽見了「日記」兩個字，我無法思考，只好任憑淚水恣意流下。

看吧！你果然連挽留的意思也沒有。

我急匆匆地回到家裡，爸爸見我回來了就轉頭叫我，我卻沒有停留的意思，關上房門，倒在門邊，嚶嚶啜泣起來。

第二十六章　來者猶可追

後來接著幾天我都沒看見文胤崴了。

因為天冷，於是我把窗戶鎖得死死的，就像要把自己過去那些念想全都鎖死一般。

我告訴自己，都過去了。

初二我們家族要聚餐，一餐飯下來我總帶著禮貌而不失大方的笑容，我早就不是當年那個和堂哥爭玩具的可憐兒，長大的我學會了武裝自己，善用自己背後的學歷來給自己的父母爭光。

然而這樣實在很累，回到家後，我拖著疲憊的身軀回到房間，手機忽然震動了下，看見是編輯傳訊息來跟我拜年，順道要《單戀日記》的稿子。

我有些猶豫是否要告訴編輯再給我一點時間再交《單戀日記》的稿子，因為文胤崴的歸來，打亂了我所有的計畫，最起碼要等到文胤崴回到北京再出版，如果文胤崴打算留在臺灣發展，那就不要出版了。

正當我還在猶豫該怎麼說時，編輯又傳來了：「李如瀅，希望妳的已讀不回是在上傳檔案。」

我只得嘆口氣，認命地打開電腦，稿子還沒修完，是要怎麼給編輯啊？

我察看一下編輯紀錄，赫然發現上次編輯是二月十日晚上九點十四分。

我明明在電腦壞掉後就沒有開過檔案。

「玫瑰之所以珍貴，來自於你花在它身上的時間。妳的日記裡不也是這麼說的嗎？」赫然想起前幾天文胤崴說的話，二月十日晚上九點十四分他正在替我修電腦，難道他看過這本書了？

「如瀅！在嗎？」

文阿姨的聲音從樓下傳來，我趕緊下樓，看見她正坐在客廳裡。

「阿姨？怎麼了嗎？」我問。

她笑，「沒什麼，就是想說好久沒看到妳了，想找妳聊聊天，在臺北好嗎？阿姨知道妳有在寫小說，文胤崴那小子還要我一出版就寄給他，一寄就是寄四本。」

我有些詫異，答：「之後直接跟我要就好了啊！不然這樣讓阿姨破費了。」

「我本來就想跟妳要，看妳能不能直接寄給文胤崴，只是感覺你們這幾年都沒什麼聯絡，就不好意思了。」

「客氣什麼？以後我自己寄去給他就好了啊！」我說。

聞言，她像是放寬心，笑得更坦然，「我以為你們吵架了，幸好這次回來，你們好像回到從前一樣。」

我噤聲，想起這些天來種種，怎麼也跟回到從前扯得上邊。

「我記得你們上次聯絡是大一的事了，妳叫我寄東西給文胤崴。」

我頷首，是啊，只是在那之後也沒下文了。

「其實文胤崴有寄信回來，只是他聽到我說妳交男朋友了之後就突然說不要給妳了。」文阿姨突然說。

聞言，我瞪大了眼，不敢置信地看著她。

文胤崴有寄信給我？我以為那箱口罩不過是故事裡一則不吸引人的番外篇，拋出去就無人回應。

我顫抖著聲線，「那封信現在在哪裡？阿姨妳丟了嗎？」

她搖頭，「我一直留在文胤崴的房間，因為那是他的東西。」

我懇切地望著她，「能不能讓我看看？拜託阿姨了。」

她看著我一副快哭的樣子，有些詫異。

我重複一次，這次幾乎有了哭腔，「拜託妳了。」

我怕錯過這次就永遠錯過了。

她見我這副模樣，上前摸摸我的頭，露出寬和的笑容，「好，等我一下，反正這本來就是要給如瀅的。」

過沒多久她就把信從隔壁帶來，叮嚀我不要告訴文胤崴這件事。

我誠懇地說：「謝謝阿姨。」

她搖頭，笑說：「沒什麼。阿姨先回家煮飯，那崽子又不知道野到哪裡去了，可是我總不能讓他餓吧？」

我笑，然後向她揮手告別，待她離開屋子後便拿起信，往房間走。

我拉開椅子，將信攤在桌上，信封上是方方正正的「李如瀅親啟」，地址則是他家的地址，也許他也是想讓自己能有全身而退的機會，才沒有寫上我家地址。

這是我除了基測外，第一次看見他沒有自信的樣子。

我抽出信件，信紙已泛黃，字跡卻如昨天才寫，筆力遒勁，像是費了很大的力氣才寫出這麼端正的字。

我深吸一口氣，看見底下不過短短一行字。

去看Instagram！

我想起了畢業的那個晚上，費盡心思寫下的密碼，那個我一直不願意去重新打開的東西，就像高中的我透過文胤葳給我寄來的信。

我急匆匆地打開Instagram，我以為自己老早忘了那個臨時起意的帳號密碼，卻依舊熟門熟路地輸入。

畫面跳轉到貼文動態頁面，首先出現的卻是一張合照。

是畢業時蘇墨雨送我的那張。

我不禁倒抽一口氣，沒有去看貼文內容，反而是趕緊去看用戶頁面，原先乾乾淨淨只有白紙黑字的頁面居多了幾張照片，大部分是風景，唯有方才那張合照，兀自出現在頁面，卻不顯突兀。視線往上，看見用戶資料上頭寫著：「噓，先別說話，看留言。」

我心一緊，按下第一篇貼文，是我的第一篇日記。我往下滑，看見底下有則來自一百二十週前的留言，同樣也是這支帳號。

「原來寫日記真的是祕密，我現在終於懂了，抱歉這麼晚才明白。」

我哭笑不得，你才知道！

我繼續往下看，赫然驚覺每一篇都有留言，或長或短，或喜悅或歉疚，裡頭每則卻都感覺得出飽含了誠意。

我按下翻拍日記的最後一篇，上頭就只有幾行字，貼文內容不過八個字。

路過你的時光漫漫。

只見底下文胤崴留言：「好，我不做過客，我答應妳。」

淚水就這麼流下了，三年前李如瀅追了那麼多年的答案，終於乘著漫漫時光長流來到了我的面前。

我胡亂拭去淚水，打開下一則貼文，2016年1月27日上傳的，照片中是一座荷花池還有高掛在天上的一輪圓月，他還標註了地點，是北京清華大學的近春園。

最近好嗎？今天的北京下起了大雪，又遇上了霾害，天氣差得不得了，要是妳說什麼喜歡下雪我可無法接受啊！改天一定要帶妳來北京見識看看什麼叫「雪災」。

妳一定很好奇我為什麼要寫這篇文章，前幾天收到了妳的口罩，說實話，拆開的瞬間我忍不住笑了，果然很有李如瀅的風格，我忽然沒由來地想起妳，想起有關妳的所有事。

我一直很慶幸在臺灣交到的第一個朋友是妳，妳是個沒有心計，伶牙俐齒的女孩，有時候給我的回應都是從我從未想過的觀點出發，不知從何時開始，我視妳為知己，總覺得，妳好像能明白我的一切想法。

我很喜歡看妳氣急敗壞的樣子，逗妳是我的生活樂趣之一，呃，等等，希望看到這裡妳不會把信給撕了，我還有重要的事情要說！別生氣！

前幾天聽見房裡老大在跟他那個遠距離的女友講電話，不是我故意要聽的，那個傢伙直接開擴音，我能不聽嗎？他膩歪地跟他的女朋友說情話，忽然，他的女朋友就說：「寶貝，今晚的月色真美。」

我突然想起了妳，妳似乎也跟我說過這句話吧？

老大笑得像個色老頭，直說：「是啊是啊！只要想到跟你在看同一顆月亮我就滿足了。」

等到他講完電話後，我趕緊去問他這句話有什麼特殊涵義嗎？他鄙視我，說：「你未免也太沒文化了吧！你不知道這是夏目漱石的名言嗎？月色很漂亮是因為跟喜歡的人一起觀賞。」

原來那時候妳就想對我說了，可是，最後的勇氣卻還是被我消磨掉了。

我很想跟妳道歉，很想趕快買張機票回去臺灣找妳。

其實李如瀅，我早就知道妳喜歡我了，之前杜嫣然曾經問過我，我是怎麼看待妳的？我說，就是我的鄰居，很好很好的朋友，是我的知己。

我還記得當杜嫣然聽到這個答案的表情，說是鬆了一口氣，更多的是悲傷。

後來有一次練書法，被妳一眼看穿了的時候我自己也嚇了一跳，回過神已經伸出手，就差一點就會碰到妳的頭，我被自己這個念頭給嚇到，卻又告訴自己，不可以，這是李如瀅。

那天我沒有告訴妳，我和杜嫣然最後一次見面時，其實杜嫣然還哭著對我說：「我真的很希望能夠更了解你，你需要的絕對不只是一個能陪你歡笑的人。」

我知道她在影射妳，可連我自己都不曉得，我需要的是什麼。

高中時期的我很希望妳不要喜歡上我，我很怕在我們之間失去平衡，更害怕的是，沒有人教會我什麼是愛，也許杜嫣然教會了我一點，可我害怕的是，要是和妳，這麼重要的妳像是我的父母一樣，從此不相往來怎麼辦？

所以那天在日月潭我沒有留下來，我希望妳能夠死心。

我還記得畢業那天晚上，看見妳的背影離我越來越遠，那天晚上妳拉上窗簾，我猜妳大概也不想看見我，肯定自己哭了一整晚。明明是我拒絕了妳，為什麼會感到心痛呢？

我想起了妳的每一句話，赫然發現妳早已佔去了我在臺灣大半的生活。

我不相信日久能夠生情，更不相信苦盡甘來，然而妳這傢伙居然就這麼天真，傻傻等我等了那麼久。

對妳，不像是對杜嫣然那樣，我有十足的把握能知道她對我的喜歡，也有十足的把握能夠張出漁網，就能捕獲她的心。

可是妳不一樣，因為妳一直離我很近，我不願去面對妳的眼底是否有任何愛意，我不想在未來某天失去妳這個朋友，這個知己。

忽然，我的滿腦子都是妳，忽然想起這個矮小而神祕的人，我這才知道什麼叫後悔，要是我能在那天就知道今晚月色美在哪裡就好了，要是我能在妳強顏歡笑祝我陸校申請順利時發覺妳的言中之意就好了，要是我能在妳叫我「不要走」的時後留下來就好了，要是我能把握跟妳相處的每一天就好了……

人生不是日劇，喊聲「哈雷路亞」就能穿越了，我不曉得還有沒有機會告訴妳，妳早就已經占據了我的青春，早就收好行李入住我的心裡。

這三年辛苦了，謝謝妳，因為有妳，我的青春才能留下那些美好的回憶，因為有妳，我才能在那些寂寞的時候找到一個窗口。

要是有機會，讓我把那些沒說的話全跟妳說吧！

李如瀅，今晚的月色真美。

閱畢，淚水早就乾了，心底卻是比流淚還要難過，想起自己朝他吼的話，更是糾結的不得了。

我繼續往下看，後來的其他則主要是文胤崴的日記，絮絮叨叨地告訴我他在北京的生活，參加系上活動被同學陷害於是要上臺唱歌，唱了〈Rolling in the deep〉被大家笑、考試考不好，忍不住擔心以後考研要怎麼辦、在街上遇到了好久不見的父親，忽然有些手足無措……

就像我也在身邊一樣，他一如高中那樣，把自己身邊的故事都告訴我了。

總算剩下最後一篇，我看著照片上的少年少女的笑容，明明是那麼久遠的事了，卻總覺得恍若昨日。

我要回去找妳了，再等我一下就好。

不過短短一行字，字字卻打入了我的心坎，觸及心底最柔軟的那塊。

我以為現在的我已經有足夠的自信去面對他，面對他時，那個自卑而晦澀的李如瀅好像又活過來了。

現在的我能夠接受當時那個懦弱的自己嗎？

我抬頭望向對面窗子，窗簾緊閉，卻好像看見了當時的少年拉開簾子，喚我的名字。

「李如瀅。」

驀然回首，彷彿看見原本還蹲在書櫃旁翻書的十五歲的李如瀅立馬起身，轉身朝對面喊：「什麼事？」

她的眼底盡是初嘗戀愛滋味的興奮，臉色緋紅，揪著一顆心低頭檢視自己的服裝是否太俗氣，然後又抬頭望對面窗子十五歲的文胤崴，面帶笑容，笑容好看得讓現在的我自嘆弗如。

我赫然發現，當年那個染上戀色的自己居然如此美麗。

時間像快轉了一般，我看見國中的自己坐在書桌前，擰起眉頭，穿針引線，把兩塊布料縫在一起，嘴裡碎碎念：「他真的看得出來這是御守嗎？」

換上翰青運動服的李如瀅端端正正地坐在書桌前，一筆一劃認認真真地寫下日記，臉上依舊是那樣美好的笑容。

畫面忽然又轉成換上長袖制服，面色憔悴的李如瀅，費盡勇氣朝對面那個傻小子說：「文胤崴，今晚的月色真美。」

「是挺美的，怎麼了嗎？」

她別過身子，淚水一點一滴地落下了。

我就這麼看著她胡亂抹去淚水，推開房門，想要伸手去拉住她，奈何怎麼樣也握不到她的手。

「李如瀅，我們一起去臺大吧！」

轉身看見那個颱風夜裡拿著手電筒，笑臉盈盈的文胤崴。

我聽見旁邊的李如瀅堅定地說：「好。」毫不猶豫，最惹眼的就是那止不住上揚的嘴角。

我的眼眶酸澀起來，轉過身看見的是坐在書桌前，哭得稀里嘩啦的李如瀅，連制服也沒換，胸前還別著畢業生的胸花，我湊過去她身旁，看見她正輕輕地寫下：「我不怪你，因為我喜歡你。」

三年的歲月說長不長，說短不短，對十八歲的李如瀅而言，那已經是她六分之一的人生，她熱切地追著一個少年的背影，只為在這段戀情綻放色彩。

她的淚水，她的笑容，她在深夜裡的嘆息，她在拋出第一份戀心時快要飛起來的樣子，她的患得患失，她那熱烈的模樣。

她曾經那麼熱切努力地要把自己的青春活得精彩絕倫，可是最後她還是什麼也沒做，徒留一個遺憾的結局，她的勇氣被歲月消磨得所剩無幾。

真正懦弱的是現在這個自認為成熟的我，害怕那個佔據了我整個青春歲月的少年帶著時光的海嘯朝我襲來。

我還欠她一份勇敢。

忽然，一隻柔軟的手按住我的肩膀，轉頭一看，居是那個嬰兒肥、臉上還有一點青春痘的李如瀅，她笑著，寬和地笑著。

我的淚水突地流下了，像個做錯事的孩子，嚎啕大哭，哭喊：「對不起。對不起，妳那麼努力，而我好不容易得到他了，卻這樣用力推開他。對不起，我以為我已經足夠勇敢了，卻還是這麼懦弱地害怕面對他。對不起，辜負了妳。」

她輕拍我的背，釋然地說：「沒關係。」

我嗚咽，「我該怎麼辦？」

她沒有多說什麼，而是指著我的胸口，反問：「答案不就在這裡嗎？」

我看著她的笑容，如同雨過天霽，撥雲見日。

「加油，李如瀅。」她說。

我頷首，然後拎起手機，起身離開房間。

忽然感覺好像被推了一下，驀然回首，卻不見任何人，唯有那聲「加油」還迴盪於空中。

我揚起笑容，定下心推開房門。

真正的成長不是外表的成熟，不是坐擁名利，不是走過多少里路，而是在驀然回首間，回頭望見當年最純粹的自己，能夠理直氣壯地說：「我總算是不辜負你了。」

我換上室外鞋，離開家門，到文胤崴家門口狂按門鈴，拜託，快點回來吧！

門被拉開了，我殷切地望著開門人，看見是王叔叔時心忽然像灌鉛了一樣。

「如瀅？怎麼了嗎？」他問。

「叔叔，文胤崴回來了嗎？」我焦急地問，想要探頭進去看那個傢伙是否在屋子裡。

「文胤崴？他還沒回來啊！剛才他跟我說想去散步，到現在都還沒回來。」

我「嗯」一聲，然後趕緊轉身離去，留下王叔叔在後頭喊：「如瀅！要不要吃飯啊？」

我快步離開社區，忽然手機就響起了，是編輯打來的。

我接起電話，話筒立時響起編輯氣急敗壞的聲音，「李如瀅！妳居然敢已讀我！」

我難得任性地朝編輯說：「我沒辦法寫這本書了。」

「啊？」

「結局不夠好，等我想到更好的結局再說吧！對不起，浪費了這麼多時間，《永晝歌》第六卷我月底就給妳，好不好？我有事要忙，先掛了。」

「啊？李如瀅妳……」

不等編輯說完我就當機立斷掛上電話，否則等一下又沒完了。

《單戀日記》值得更圓滿的結局，所以我相信自己的決定是對的。

彷彿看見前方少年身穿白襯衫，肩上的側背包寫著大大的「翰青高中」四字，他手插兜，一副怡然自得的樣子，留著好看的後腦勺還有寬厚的肩膀、胡亂翹起的幾根頑皮的髮絲讓我觀瞻。

他忽然停下腳步，轉頭看我，笑得像顆小太陽，嘴角邊出現小小的梨渦，他朝我喊：「李如瀅，太慢了！」

我楞楞望著他，然後緩緩地揚起了笑容。

等我一下，我就快到了，就快要追上你了。

夜幕低垂，我站在社區巷口，像是畢業那天，靜靜等待文胤崴的歸來。

這次不會再像畢業那天了。

我無法自己地回憶起和文胤崴相識的點點滴滴。

「我叫文胤崴，趙匡胤的胤，山下作一個威風的威。」

「那我們一起去翰青吧！以後好作伴！」

「沒有什麼是過不去的。妳能作的只有面對它，我會陪妳度過的。」

「讓我替妳在上面寫名字吧！爺好歹也拿過書法第一名，是我們學校的文藝骨幹呢！」

「不要去理會人家說什麼，他們愛說就愛說，你們這些文科生就是這樣，愛想東想西。最起碼，我覺得妳適合文組。」

「感謝妳成為我的知己。雖然不曉得妳在煩惱什麼，但希望某天我也能理解妳，只要妳願意說，我願意聽。」

「看不出來其實妳跑得挺快的，我之前體育課看到還很訝異。我還有替妳加油呢！害我們班女生都罵我窩裡反，多委屈啊！妳都沒聽見嗎？」

「因為我一直覺得妳是我的知己，所以這件事我想要第一個告訴妳。」

「這是我在墾丁挑的，還不錯吧！不要太感動啊！以後晚上不作惡夢，這樣才能考好成績！」

「以後可以再煮給我吃嗎？」

「我們一起去臺大吧！」

「學測加油。」

「妳真的不介意我回大陸嗎？」
「李如瀅，對不起。」
「不要再喜歡我了。」
「好久不見。」
「妳等一下只准替我加油。」
高中三年的記憶很破碎，一時半會拼不全一張圖。
當時那個跋扈的毛頭小子已經長成了更加成熟而穩重的男人，乘著時光的洪流，回到了我的身邊。
我站在路燈底下，期盼能在燈火闌珊處，看見那個尋覓已久的人。
就像是迎合我的期盼一般，遠遠地，有個人影走來，他手拿著一袋東西，一副剛去買菜回來的樣子。
「文胤崴！」我朝他喊，像是跨越了整整六年的時光。
他停下了腳步，看起來有些侷促，我以為他要張口為前幾天的事道歉，沒想到他「嗯嗯啊啊」許久，張口就說：「我剛是真的想去散步的！誰知道我媽居然打電話來叫我去買菜。」
我忍不住笑。
他撓頭傻笑，朝我走近，眼底盡是溫柔，似是已經知道我站在這裡的目的了。
你那麼聰明，一定能知道的。

「李如瀅。」他喚我。

不等他開口，我便說：「文胤崴，我有話想跟你說。」

他表情寬和，莞爾一笑，「嗯。」

我深吸一口氣，彷彿望見當年的自己正站在一側，替我加油打氣。

「這是十八歲的我想對你說的話，你看完《單戀日記》了吧？肯定知道我在說什麼。」

聞言，他抖了一下，眼神有些慌亂，就像偷吃糖被抓包的小孩。

「我看到Instagram了。」我說。

他有些驚喜，卻又像老早就知道了，故作失望地說：「居然現在才看到。」

我忍不住笑，繼續說下去：

「其實我瞞了你很多事。」

「嗯。」

我不好意思地笑了起來，「其實我覺得自己能那麼理解你是因為我老是望著你。」

他的臉也紅了起來，同樣不好意思地別過頭，「嗯，我知道。」

「其實之前我會特別繞遠路去科教大樓上廁所，只為偷看你們打球。」

「嗯，我知道。」

「其實林書榆的情書是我寫的，聽到你說寫得不錯時我還開心了一下子，可惜就只有一下子。」

「嗯，我知道。」

「其實我當初一點都不想祝福你跟杜嫣然，然後你這個渾蛋硬要我祝你順利。如果重來的話，我一定一開始就會把你的手機給摔壞。」

「嗯，我知道……」他忽然發現了什麼，忍不住喊：「等等，這樣不好吧！」

我沒有理會他的抗議，逕自說：「其實我在你生日時為了買你的桂圓蛋糕，忙了一整晚，還被麵包店的人當成餓了好幾天。」

「嗯，我知道。」

「其實我在看到你牽著杜嫣然時，看到她身上的高跟鞋還有雪紗裙，居然就妄想東施效顰。」

「嗯，我知道。」

「其實之前畢旅坐摩天輪是蘇墨雨叫我陪你的，聽說你為了我跟杜嫣然吵架。其實我真的想跟你說，何必呢？我跟你是什麼關係啊？」

他噤聲，過了良久才說：「嗯，我知道。」

「可是，」我說，突然漾起了大大的笑容，「看到捕夢網時，我還是很高興，很感動。」

聞言，他如釋重負地笑了，「嗯，我知道。」

「其實我真的很想跟你一起上臺大。」

他有些悵然，「嗯，我知道。」

「其實我從來不怪你對我做的一切。」

這回，他沒有說「我知道」，而是表情複雜地看著我，「李如瀅……」

我笑，無比真誠地笑著，「十八歲的李如瀅沒有勇氣坦然告訴你的話，現在就由我來說吧！

「文胤崴，我喜歡你。」

他望著我，低聲問：「那二十歲的李如瀅呢？」

我沒有回答，而是笑著反問他：「那二十一歲的文胤崴呢？」

他似是沒想到我會這麼問，有些震驚，想了好半晌，才撓頭傻笑，輕輕地喚我：「李如瀅。」

「嗯？」我應一聲。

他手插著口袋，頰上緋紅，他走向我，低頭看著我，好似每次缺乏自信時那樣，一臉無助，「也許現在有點晚了，我還是想告訴妳，我喜歡妳，即使我知道遠距離難維持。雖然我是個渾蛋，辜負了妳整整三年，讓妳痛苦了那麼久，讓妳寫了那些難過的日記，一直到失去了才知道後悔。」

我走近他，眼底畜滿了淚水，和他四目交接，笑說：「嗯，我知道。其實，喜歡你的時候真的好痛苦，好孤單，可是在喜歡上你後，我的生活變得不一樣了，一切變得更有目的性，每個瞬間都有了驚奇。過了這麼多年我才知道，單戀是這世上最孤獨，也是最快樂的事。我不後悔喜歡上你，也很高興，自己能擁有這麼美好的記憶。謝謝你，給了我那麼多美好的瞬間。

「如果可以的話，我希望能夠繼續把未完的故事寫完。」

他一把把我擁進懷裡，任憑我落下欣喜的淚水。

我聽著他強而有力的心跳聲，知道他現在也很緊張，他緊緊地抱著我，不用言語，我便能心領神會他想要告訴我什麼。

「你知道嗎？我多麼感謝你能出現在我的青春歲月，我多麼感謝你不只是路過……」我回抱住他，眼淚掉得兇。

他輕撫我的頭髮，然後低頭在我耳邊低語：「李如瀅，今晚的月色挺美的。」
我仰頭望著夜空，初二哪來的月亮可以看啊？
我沒有吐槽他，而是把頭埋進他的懷裡，輕聲說：「嗯，真的特別美。」
——因為和你一同觀賞。
這橫跨了整整三年的愛戀確實充滿了許多不完美，而正因這些不完美，才能編織出這段美麗的青春故事。
我向那個初春午後，在光影交疊的走廊上，迎著陽光朝我走來的不羈少年伸出了雙手。
歲月就此停駐，所有的笑與淚在這刻須臾化為永恆。
子曰：「往者不可諫，來者猶可追。」
過往的一切不愉快都已然無從追溯，而屬於我們的未來還在那個不遠的彼方等待我們成長茁壯。
「李如瀅。」
文胤崴牽起我的手，我仰頭望他，「嗯？」
「繼續寫日記吧！未來還有好多個三年，我都會在這兒。這一次，我們一起把結局寫完吧！」
我望著他的笑靨，彷若望見了徐徐三年，手握得更緊了，朝他露出堅定的笑容，歡喜的淚珠又如斷線珍珠般落下。
「好。」
續寫，屬於我們的日記。

番外一　荷塘月色

「你給我滾！」

女人的吼叫聲響起，伴隨著幾近崩潰的哭聲，像是要穿透牆壁般震耳欲聾。

又來了。

文胤崴早已習慣了這個景象，像是外面在吵架的只是小貓一般，他不為所動，繼續寫作業。

「文靜，在你們家我真的很沒尊嚴。」

「尊嚴？你怎麼不想想你還要顧父親的尊嚴？胤崴也是你的孩子啊！」

「呵呵，胤崴是我的孩子，不如說是文家的孩子吧！你們家真的有重視過我這個女婿嗎？」

剛解完數學習作的文胤崴忽然驚覺沒有東西可以分散專注力了，他撐著頭，看著手中的鉛筆，忽然想起補課班高年級的學長老是上課不上課，在練習轉筆，他學起學長的動作，用食指與中指夾住鉛筆，隨手轉了幾下，筆非但沒有如想像中華麗地轉圈，反而像是翹翹板，笨拙地擺盪著，旋即落在地上。

文胤崴輕嘆口氣，卻也沒有撿筆的興致，也顧不得學校老師的叮囑，重心放後，任憑前面兩根椅腳在空中晃呀晃。

他不知為何這麼做能感到歡愉，或許是比較自由吧？

待到外頭聲音漸歇，他才敢上床呼呼大睡，卻在蓋上被子那刻想到，明天要開家長會，爸爸媽媽會來嗎？

大家總以為孩子天真無邪，其實這個年紀的孩子已經懂得比較心了，尤其是文胤崴這種全班前三名的學生，當然希望爸爸媽媽能來，讓老師好好在他們面前誇他一下。

可是現在這個狀況他們會來嗎？

文胤崴沒有多想，闔上眼，試圖進入夢鄉。

然而，被子似乎抵禦不了這個冬天的寒氣。

隔天家長會還沒到，前一節課教室外頭就站滿了家長，還有夫婦成雙成對地出現，儼然一副要見證孩子所有成長歷程的樣子。

文胤崴不禁對那些一同出席的家長投以羨慕的眼光，忽然眼角餘光看見同桌張浩全身顫抖著而嚇了一跳。

「你發什麼癲啊？」文胤崴問。

只見張浩緊張兮兮地看了窗戶幾眼，再看看在臺上講課的老師，趁著老師不注意就偷偷對他說：「我爸媽今天都來了，等等被他們知道我上次惹哭張貝貝那丫頭，英文還考得一塌糊塗，還不被吊起來打？」

「老師不是要我們帶成績單回去給爸爸媽媽簽名嗎？你爸媽還沒看到你的英文成績啊？」

「唉，那什麼話，我趁著我爸不注意，偷偷拿他的印章來蓋，怎麼能讓他看見那個分數呢？」

文胤崴見張浩說得頭頭是道，忍不住笑了起來。

張浩並不知道，其實文胤崴很羨慕他的父母還能夠一起來家長會，一起責備他考砸了、表現不好。

自從前陣子爸爸外遇了以後，文家再也見不到這種景象。

有時文胤崴還真希望他在學校調皮搗蛋能夠被爸媽一起責罵，而非每晚回家看見媽媽朝爸爸歇斯底里地咆哮。

下課時間一到，家長便湧進教室，有些孩子趕緊跑到父母身邊，有些則是故作鎮定，不見平常調皮的樣子。

文胤崴收拾好桌子，轉頭就看見媽媽站在他身後，臉上化著淡妝，腳踩高跟鞋，看起來有些疲憊，似乎是剛下班。

「怎麼了？看到媽媽就想跑了啊？是不是又做壞事了？」媽媽笑問。

文胤崴愣愣地搖頭。

「去跟同學玩吧！等媽媽開完會再一起回家。」媽媽拍拍他的肩膀，逕自到他的位子坐下，他的個子算是同年紀的孩子中比較高的，但是讓媽媽坐在自己的椅子上還是稍嫌太矮，媽媽一雙腳蜷曲，讓他想起前幾天在補課班偷看五年級的班在講解量角器跟角度。

聞言，他便拉著張浩還有一幫夥伴到學校的遊樂場，幾個孩子搶一個盪鞦韆，鞦韆玩膩了就偷偷溜回教室拿球，到操場上玩躲避球。

玩樂的時光很快樂，讓這幾個孩子忘記了等等開完會可能就大難臨頭了。

文胤崴接住了班上的大力士的球，場邊頓時一陣歡呼。他忍不住揚起了得意的笑容，然後又將球扔向班上躲避球隊的成員，一球命中，更讓旁邊的孩子為他拍手叫好。

文胤崴頓時忘了剛才的煩惱，專注於每一球上，享受於身邊孩子崇拜的目光，裏頭甚至有幾個女孩正在暗送秋波。

快樂的時光很快就過去了，倉促得令人措手不及。

北方的冬天來得快，六點便早已夜幕低垂，操場邊也沒有燈火，文胤崴一幫孩子只好拎著球回到教室門口等自己的爸爸媽媽回家。

文胤崴見張浩左顧右盼便會心一笑，這小子鐵定是擔心等等會挨罵。

他踮起腳尖，看見媽媽正低頭看手中的資料，眉頭微蹙，然後又抬頭看老師，老師說了什麼她就刷刷低頭寫字。

「怎麼？你也怕回家挨罵啊？」旁邊的張浩露出慧黠的笑容，抓到小辮子便想揶揄他。

「你才挨罵，老師一定在我媽面前大大地稱讚我，等等她就會帶我去吃大餐！」他回嘴。

一來一往間，教室的門被打開了，他們這才發現已經散會了，張浩立時挺直了背，讓文胤崴想起了昨天課上教的成語「芒刺在背」，他賊賊地笑了起來。

只見家長魚貫而出，一群一群討論要如何整治自家孩子，文胤崴看見自己的媽媽跟張浩的父母一同出來，三人有說有笑，隱隱約約還能聽見他們說：「唉，真希望我們家浩浩能有妳家胤崴一半優秀。」

看見爸爸媽媽走近，張浩趕緊獻殷勤，「爸！媽！」語氣與剛剛和文胤崴吵架完全不同。

張父見到兒子，立刻換上無奈的表情，「你這傢伙，等我回家好好訓你一頓。」

一句話惹得張浩的臉脹紅，說有多憋屈就有多憋屈，讓旁邊的文胤崴很努力去憋笑。

「好啦！有什麼話回家再說吧！咱們等等去館子吃飯，好不好？」張母不忍見兒子這副委屈巴巴的模樣，便朝著兩父子笑說。

張浩聽見有得吃便心花逐開，上前抱住媽媽直叫好。

文胤崴見狀忍不住翻了個白眼，這時「媽寶」這個詞還不流行，很多年後當他在宿舍和媽媽講電話時，室友大罵他為媽寶，他瞬間想起了這時的張浩。

張父見兒子這副模樣也不好說什麼，便拉起兒子的手，向文胤崴母子揮手告別，一家子就這麼揚長而去。

文胤崴忽然覺得張浩一家人看起來就像會發光一樣，閃爍著他不可得的光芒。

「我們也回家吧！」媽媽沒有多說什麼，催促兒子回家，文胤崴這才回過神來，屁顛屁顛地跟著媽媽走。

上了車後，媽媽邊開車邊和文胤崴聊剛剛家長會的事，還好一切如文胤崴所料，老師果真在媽媽面前大大讚賞他。

「剛才老師跟我說想要找你去參加書法比賽，全班就你寫得特別好，不枉我送你去少年宮學書法，你也乖一點，讓你學書法是要你學會專心，不要整天鬼靈精怪跟著同學亂搞。」

文胤崴就這麼聽，心思也沒有在這上面，滿腦子都是剛才張浩一家的背影。

正好一個紅燈，他忽然看見窗外的烤鴨店，便涎著臉朝媽媽說：「媽，我想吃烤鴨。」

「烤鴨？你在哪看到烤鴨啊？」

他指著窗戶，露出這個年紀的孩子該有的笑容，巴巴地說：「就在對面那兒！我們買回去跟爸爸一起吃吧！」

他沒有發覺自己說錯話了，自顧自地對著對面櫥窗裡的烤鴨流口水，突然聽見低低的啜泣聲，他這才回過神，從鏡子中看見駕駛座的媽媽淚流滿面。

「媽……」他低喚。

只見媽媽摀著臉，語帶哽咽，朝他擺手，「我沒事，我沒事……」

文胤崴垂下頭，兩手合一，有苦難言。

他很想告訴媽媽，我不買烤鴨就是了，妳別哭了吧！我就只是希望，能夠讓你們和好……

車子頓時瀰漫了哀傷的味道和媽媽的哭聲，久久無法消散。

在小小的文胤崴心中，一家子手拉手上飯館一直是個夢想中的畫面，然而，這個夢卻沒有實現的一天。

過不了多久，文胤崴的父母便離婚了，媽媽拿到了撫養權，他之後再也沒有見過自己的生父，也再也沒看過媽媽歇斯底里的模樣。

父母離婚後，媽媽近乎是用盡全力給了文胤崴滿滿的愛，試圖彌補他心底喪失的一塊，然而「父愛」這塊空缺卻依舊沒有補起來。

文胤崴從沒將此表現出來，他不願再看見媽媽哭泣的模樣，他告訴自己，要成為一個獨當一面的人。

他的理科成績好，初中被老師發掘便被送去奧數班，初中的課業越來越重，班上同學被中考壓力搞得喘不過氣，大家都在想如何考上市內最好的高中，這樣也算半隻腳踏進北大、清華了。

文胤崴亦是如此，正當他讀書讀得心力交瘁時，媽媽突然投來一顆震撼彈。

那天文胤崴正好剛從學校晚自習回家，一推開門就看見媽媽坐在餐桌前，前方是剛熱好的飯菜，熱氣蒸騰。

「怎麼現在才吃飯？」文胤崴放下書包，好奇地問。

媽媽笑答：「等你回來啊！肚子餓嗎？」

「還好。」他想了想，「不過我應該還吃得下。」

「餓就盛飯吧！讀書鐵定讀得很累了！」

聞言，文胤崴便捲起衣袖，到飯鍋前盛飯，然後找個媽媽對面的位子坐下，隨手夾了片高麗菜，低頭扒飯。

「胤崴，書讀得還好吧？」媽媽問道。

他頷首，「挺好的，搞不好能上師大附中。」

「不錯，不愧是我兒子。」媽媽笑說，不知怎地，文胤崴突然覺得媽媽的笑容有點假，可是不知該怎麼說，他便沒有戳破，繼續扒飯，偶而說說在學校的趣事，當然也過濾了一些，比如前幾天跟孫大謀等同學去網咖差點被老師發現。

「胤崴，你覺得臺灣怎麼樣？」媽媽突然問。

文胤崴不以為意，無所謂地說：「臺灣？周杰倫唱歌挺好聽的。」

「我現在不是在跟你聊周杰倫，認真點！」

他不懂為何媽媽的語氣突然變得那麼嚴厲，卻還是認真地答：「挺不錯的，那邊感覺應該會比較自由。之前小學課文的日月潭聽起來就是個好地方。」他突然想起了什麼，就露出賊賊的笑容，「怎麼？妳想要帶我去臺灣玩嗎？」

只見媽媽的臉色有些奇怪，他瞬間知道自己似乎說錯話了。

過了好半晌，媽媽才張口：「媽媽改天讓你見個叔叔，好不好？」

他蹙眉，「不是在說臺灣嗎？怎麼突然就來個叔叔了？」

媽媽嘆口氣，將事情原委娓娓道來。

她交了個男朋友，是在工作合作上認識的，是個臺灣人，姓王，兩個人情投意合，有了結婚的打算，只是這樣的話她恐怕就要嫁到臺灣去了，那兒子要怎麼辦呢？

文胤崴聽著，心底有些震撼。

「我就是覺得，你現在書讀得這麼好，我要是把你帶去臺灣了豈不是耽誤了你？我怎麼可以這麼自私……」

文胤崴看著對面臉色難受的媽媽，心底似有千言萬語，但不知如何開口，他無法整理自己的思緒，無法像平常算數學證明題般，歸納出一個漂亮的結論。

「妳先讓我見見那個叔叔吧！還沒見過我怎麼能決定呢？」他最後還是開口了，拋出了一個不怎麼漂亮，也沒有解決問題的答案。

漱洗完後，文胤崴也沒有讀書的興致，趴在桌上，腦中憶起的是多年前父親的模樣，模模糊糊的，他竟記不起自己生父到底長什麼樣子，腦中浮現的卻是多年前那夜的菸味，還有媽媽歇斯底里的吼叫聲。

他還記得爸爸曾拉著他的手，身邊站的卻不是自己的媽媽，而是一個陌生的阿姨，他記不得她的容貌，只記得她身上刺鼻的香水味。

那個女人蹲下身子，摸摸他的臉頰，柔聲細語地問：「弟弟，想要阿姨做你的媽媽嗎？」

他又想起了小學五年級時代表學校參加作文比賽，發下試卷看見題目是「我的父親」時，腦中一片空白。

回憶像個剪輯極糟的電影，完全沒有連貫性，唯一相同點就是圍繞著一個主題——父親。

他恨他的生父嗎？他也不曉得，恨是一種比愛還要濃烈的感情，鑽心入骨，實際上他連他的生父長什麼樣子都忘記了，他長得像媽媽，聽說唯一像爸爸的就是個子很高，還有一雙充滿精神的眼眸。

他對生父僅存的感情也許就是怨懟，怨他怎麼能讓媽媽受到這般委屈。

想起媽媽那時緊握著方向盤，低聲啜泣的模樣，文胤崴的心湖像拋進了顆石子，激起水花和一圈又一圈的漣漪。

他猛然抬頭，打開電腦，待電腦成功開機便打開百度搜尋「臺灣」二字，他仔細端詳資料，看著看著時間就過去了，即使網上的資料根本沒有什麼好參考的，他在心底定了個答案，他不想再看見媽媽委屈的模樣，不過換個地方再出發而已，沒關係的。

隔天早上醒來，看見媽媽已經在做飯了，媽媽的背影有些單薄，他記得國文老師點人起來朗誦朱自清的〈背影〉時，班上幾個調皮的男生直說朱自清他老爸根本是搏命演出，爬月臺這種事在現代這麼做，鐵定會被站務人員給抓起來的，他也跟著大家哈哈大笑起來，也跟著奚落了朱自清幾句，可是心底卻不斷憶起媽媽的背影，他在那刻深刻地明白了文字何以成為興發感動的力量。

他已不是當年那個弱小，只能任由媽媽哭泣而手足無措的孩子，他的個子早就比媽媽高了，他能夠張開雙臂，替媽媽阻擋一切風雨。

「媽。」他輕聲喚，才剛睡醒嗓子有些啞。

「嗯？」還在切蘿蔔的媽媽轉過身子望他，笑容和藹。

「臺灣感覺是個好地方，我挺想去那裡生活的。」

聞言媽媽愣住了，眼眶頓時就紅了。

文胤崴露出寬和的笑容，試圖以此告訴媽媽，沒關係的，我只希望妳能夠幸福，我不想因此耽誤妳。

過了不久，王叔叔登門拜訪，聽說是得到消息直接從臺灣飛過來，拖著行李箱來了。

媽媽準備了一桌好菜，還買了文胤崴愛吃的烤鴨，三個人吃得津津有味，飯局中也沒有什麼尷尬感，文胤崴始終面帶笑容，展現了絕佳的尬聊能力，他都覺得自己未來非常適合當外交官，陪笑技術一流。

好在王叔叔的話題也讓他很感興趣，王叔叔從事科技業，懂很多科技相關的事，他甚至還說要教文胤崴程式設計。

王叔叔很友善，但是文胤崴始終無法卸下心防，他太害怕「父親」這個詞了，他很感謝當初媽媽說的不是「胤崴，你想要個爸爸嗎？」這類會讓他頭皮發麻、被雷到的話。

可是，在他看見媽媽在王叔叔面前那副小女人的模樣，他告訴自己，無論如何都要祝福他們，他不能成為媽媽的絆腳石。

一頓飯吃完後，王叔叔怕尷尬便說要去找間旅館落腳，眼看王叔叔就要走了，文胤崴忽然叫住他：「叔叔，你怎麼不住下來？」

聞言，屋子的空氣像要凝結了似的，只見媽媽和王叔叔都震驚地望著他，他感到有些好笑，有什麼好尷尬的？以後不也是要住在一起嗎？

過了半晌媽媽才趕緊拉住王叔叔，尷尬地笑笑，「對啊！反正我們也有空房！」

王叔叔見她身後文胤崴寬和的笑容，如釋重負，拍拍她的肩膀，笑說：「那我就住下來了。」

那晚文胤崴睡得並不安穩，他不討厭這個叔叔，也相信他會善待自己，只是他不確定自己的決定是否正確。

「臺灣啊……」他喃喃。

未來的未知數還很多，他只能說服自己，一切會好的。

王叔叔很快就替文胤崴母子打理好去臺灣的事務，文胤崴在最後一個學期一開學便辦了休學，班上原就為了中考而瀰漫著肅殺的氛圍，因為他的離開，教室霎時多了幾分哀愁。

離開北京那天，班上同學都來送行了，孫大謀等一幫兄弟給了他一本他一直很想要的籃球雜誌，要他到了臺灣以後不但要考上第一志願，也要保持聯絡。

他被他們的話弄得心底很柔軟，平日一起嬉鬧，怎麼也無法將心中的不捨給說出口，要是這時說出了什麼感人的話肯定會被嘲笑，而那些笑語中想當然耳也飽含了幾分深意。

班主任拍拍他的肩膀，告訴他：「未來如果回北京了，一定要來看看老師。」

文胤崴看著平常兇巴巴的班主任臉上的不捨，這時才多了幾分淚意。

他沒有展現出來，只是揚起笑容，「好。」

登機時，他不禁多望了幾眼熟悉的土地，北京那片灰濛濛的天。

他的冒險正要開始，歸來不知是何時，忽然眼神都多了幾分感情，他輕輕地道了聲「再見」，快步登上飛機。

一到臺灣便開始忙碌起來，除了入籍之外還有轉學的程序，所有事情忙完後春天的腳步也近了。

他們住在社區裡，社區裡有一棵茄苳樹，綠葉早已布滿枝頭，文胤崴能從房間窗子直接看見它，他手支著頭，忍不住嘆這兒果然是南方。

他忽然望見了對面窗子有個女生正在整理書包，他瞇起眼，確定是之前去作客的李叔叔家的女兒。

長得真的挺讓人沒印象的。

「文胤崴！該去上課了！」媽媽的聲音從樓下傳來，他應聲，趕緊換上嶄新的制服，背起書包就下樓。

在車上媽媽和王叔叔不斷囑咐他，給他打強心針，要他別緊張。

其實他壓根兒就不緊張，所以也就只是聽聽而已。

「對了，」王叔叔突然說：「你回家就跟隔壁的如瀅一起回來吧！啊，如瀅是幾班來著？」

媽媽答：「我昨天問過如笙，好像是七班，跟胤崴在一個班。」

「哇！這麼剛好！那胤崴就跟著她就好。」

文胤崴聽著他們的對話，那個如瀅大概就是隔壁的女生。

他頷首，「好，我等會去找她。」

新班導是個數學老師，他跟媽媽還有王叔叔大概報告了班裡的學習狀況，雖然偶而有些吵鬧，班上前段同學都很爭氣，班裡還有一個校排第一的同學，希望他們不要擔心這個環境不適合學習。

說完便領著文胤崴進教室，文胤崴一踏進教室就看見好幾雙好奇的眼睛正瞅著自己，好似在觀賞動物園的動物。

老師向大家介紹：「這是從北京轉來的同學，大家要多多照顧他。」說完便示意讓他向大家自我介紹。

他會意，便轉身在黑板上寫下自己的名字，寫得用力，揚起了漫天粉筆灰。

「我叫文胤崴，剛從北京來臺灣。」

他一開口就看見教室後頭有幾個同學正嘿嘿笑了起來，甚至還學起了他說話的語調。

他忽然感到有些慌，平生第一次遭遇這種狀況，早在來臺灣前班主任便明示暗示肯定會遇到這種狀況，沒想到真遇見時依舊會感到有些不舒服。

他環視全班，忽然看見了坐在第二列一個紮著馬尾的女生翻了個白眼，回頭瞪了後頭那幾個調皮的男生。

是隔壁人家的女兒。

她的長相雖然讓人沒什麼印象，行為可不是。

文胤崴忍不住揚起笑容，就像是找到了同伴一樣。

像是被她鼓舞了一般，文胤崴繼續說下去，臉上是止不住的歡欣，「我喜歡打籃球，下課方便的話，咱們一起去打球吧！」

一說到籃球，班上幾個喜歡運動的男生就樂得直拍手，男孩子之間的友情向來就是這樣，因為籃球、玩同一款電動就可以成為要好的朋友。

他似乎看見她露出了滿意的笑容，他忍不住笑，爺可沒有那麼膽小呢！

班導領著他到最後一列，桌上已經擺滿了新的課本，他朝老師道謝，逕自坐下，仔細翻閱新的課本，新書的墨水味撲鼻而來，象徵著嶄新的開始。

他拿起麥克筆，一本一本寫上自己的名字，然後再翻開數學課本來作題，寫著寫著，他忽然在課本上寫下那個女生的名字，他不確定字該怎麼寫，但隱隱約約覺得她的名字就該是這樣。

李如瀅。

這並不是他們的初相遇，卻是他們羈絆的開始，他滿意地看著課本上「李如瀅」三字，有這個傢伙陪伴，臺灣的生活肯定不會無聊到哪裡去。

「文胤崴！早課要遲到啦！」

老三聲如洪鐘，由不得文胤崴再多偷懶，只好揉揉惺忪睡眼，從床上爬起來。

老三叫陳澄南，是個臺灣人，說話總像個媽媽，一叨唸起來不得了，文胤崴皺眉，他按摩太陽穴，藉此打起精神。

「夢到什麼啦？怎麼都爬不起來？」陳澄南問道。

文胤崴早已遺忘了夢裡發生了什麼，卻在他的提問下驀地想起了夢中那個翻白眼的女孩，忍不住勾起嘴角。

「什麼啊？瞧你笑得賊兮兮的。」

「哎呀！沒事沒事！咱們趕緊去上早課吧！」文胤崴不理會他的疑問，逕自下床拿牙杯準備去洗漱。

陳澄南也不好再說什麼，自顧自地說：「唉，肯定有鬼。」

文胤崴偶爾才會想起在臺灣的時光，上了大學以後總是忙得焦頭爛額，身邊厲害的人太多了，必須要比過去付出更大的心力讀書。

他手支著頭，望著臺上老師講微積分，講得口沫橫飛，不知怎地就是什麼也聽不進去，他又想起了那個夢，想起了那個女生曾經氣呼呼地朝他說：「少臭屁了，等我考贏你吧！」

他忍不住勾起嘴角，不知道她現在怎麼樣了，在臺大成了一方霸主了嗎？還是也跟他一樣，別說前三名，沒有吊車尾就很不錯了。

不知怎地，就是突然很想念她。

好不容易捱到了下課時間，文胤崴和一旁的陳澄南收拾好文具便朝著食堂邁進，清華大學原先就是園林，風光明媚，正值寒冬，文胤崴張口哈氣，忍不住哆嗦，而來自南方的陳澄南更是全身包裹好，活像準備返家的因紐特人。

「你們南方人來北方肯定不習慣吧？」文胤崴問道，手插兜，試圖獲取溫暖。

「是沒錯啦！我以前在上海臺商學校讀書，遇到冬天就快受不了了，誰知道最後考上清華，來了一個更冷的地方。」陳澄南抖個不停，嘮叨地抱怨東抱怨西，「文胤崴你在臺灣待了那麼久，總能體會我的感覺吧？」

文胤崴頷首，忽然沒頭沒腦地問：「你想念臺灣嗎？」

「當然想念啊！家人都在臺灣，能不想念嗎？」陳澄南答：「哪像你，在北京還有親戚可以依靠。」

文胤崴笑而不語，不知該怎麼接茬，其實對他而言，他的家人都在臺灣，他的媽媽，還有視他如己出的王叔叔。

以及他在高中那段時光最好的夥伴。

「那你呢？你想念臺灣嗎？」陳澄南反問。

他想了想，好半晌才頷首，不置可否。

「我好像從來沒有問過你在臺灣的事，只知道你讀翰青，然後考試老是輸給一個牛人，接著就沒了。」陳澄南突然露出八卦兮兮的笑容，「怎麼樣？不會我們二哥也早戀過吧？」

聞言，文胤崴忽然急了，臉紅脖子粗地說：「戀愛哪有早不早的？都什麼年代了。」

「靠，還真的有。」陳澄南驚呼，而後露出賊兮兮的笑容，「還不給你最好的舍友講講啊？」

文胤崴爭不過他，只好擺手，「好，但你知道的，好奇是需要付出代價的，爺正好今天想要吃蘭州拉麵，不知咱們紈褲子弟代表陳同學能否施捨一點？」

陳澄南先是喊了聲「靠」，自知理虧便勾住他的肩膀，格外大方地說：「沒問題！我陳某人為了知道咱們二哥的情史樂意赴刀山下油鍋！」

中午的食堂擠滿了人，他們好不容易找了個位子坐下來，拉麵熱氣蒸騰，文胤崴笑嘻嘻地朝陳澄南問：「我可以吃第二碗吧？早上微積分根本腦細胞殺手。」

陳澄南擺手，「行，沒問題！」

「哇！真是太感謝澄南哥了！那草民就不客氣啦！」文胤崴煞有介事地喊，然後舉起筷子就是夾起一大口。

他們絮絮叨叨地聊今天課堂的問題，陳澄南還說想去近春園看看所謂的荷塘月色到底長什麼樣子。

「等等，」陳澄南突然想起了什麼，「文胤崴你是不是忘記要講你跟小女友的故事了啊？可別把我當成暴發戶來削我一波啊！」

文胤崴喝了口湯，慢慢悠悠地說：「好，我這不就要說了嗎？」

陳澄南翹首以盼，不斷催促他快講，文胤崴慢慢解決這碗麵，才開口說道：「我第一次見到那個女生是在高二的運動會，她因為大隊接力跌倒然後在保健室哭個半死，我剛好陪班上同學去拿肌樂來噴一下，剛好遇到她，起了點好奇心就和她聊了一下。」

他還記得那天杜嫣然哭得梨花帶雨，不知為何，他居然覺得這個女孩子哭起來很好看。

「她肯定是個美女吧？」陳澄南煞有介事地吹起口哨，文胤崴沒有否認，也無從否認。

「是沒錯啦！但爺可不只是看上她的姿色。」

「好，信你一回，不過我猜你現在眼光這麼高，咱們院裡的系花也看不上，肯定是因為以前的小女友太漂亮了。」

聞言，文胤崴掄起拳頭，作勢要捶一下陳澄南，嚇得他直喊：「喂！你不想想今天是誰請客嗎？」

他這才張開拳頭，佯裝無事地摸摸陳澄南的頭，煞有介事地笑說：「哎呀！咱們陳澄南真是越看越俊俏，害我都想摸摸你的頭了。」

陳澄南嚇得拍開他的手，「少噁心了，你想讓大家以為我們是一對嗎？還是其實你一直暗戀著我，才不願意交女朋友？」

文胤崴露出噁心的表情，乾嘔了聲，咬牙切齒地說：「就你會腦補。」

陳澄南自知理虧，便悶頭吃麵不說話，過了許久依舊按捺不住好奇心，嚥下麵條便張口問道：「所以你今天是夢到了那個小女友嗎？」

文胤崴蹙眉，堅決地搖頭，早在杜嫣然向他提分手後，他便鮮少想起她，他們早就形同陌路了。

可那他又為何會忽然想起李如瀅呢？

離開食堂後，下起了小雪，陳澄南看到雪就高興得不得了，像個孩子四處奔跑，文胤崴在一旁笑他幼稚，聞言，陳澄南立時不服氣地轉頭道：「南方人的浪漫你不會懂的！」

「是是是，我不懂。」爭不過他，文胤崴只好擺手敷衍他幾句便拿出手機看信息。

他不是一個會主動聯繫別人的人，除了蕭宇堯偶而會來跟他求救物理外，他也沒怎麼跟高中同學聯繫了。

信息第一條是媽媽傳來的語音，他點開來聽，媽媽的聲音經過機械處理過有些生硬，卻依舊是他熟悉的模樣。

「外婆生病了，媽媽下禮拜會回北京去，要給你帶什麼嗎？」

聞言，他有些欣喜，半年沒看到媽媽了，說不想念是假的，雖然他老是被室友們嘲笑是媽寶，最起碼室友們還能在連假時返鄉跟家人聚聚，可他和陳澄南每次連假都只能兩個人在宿舍度過沒有家人的時光。

他本想說要讓媽媽帶麵線來給他研究研究要怎麼煮，想想媽媽可能要帶保健品來給外婆只好作罷。

「不用好了，我沒什麼特別想要的，不如就帶鳳梨酥來給我舍友們試試。」他說，然後按下傳送鍵。

不一會兒，媽媽又傳來了信息。

「好哇！如瀅出書了，你要看嗎？」

「李如瀅出書了？」他有些震驚，但後來想想李如瀅本來文筆就不差，似乎沒什麼好訝異的。

「對呀！李叔叔驕傲得到處宣傳呢！你也可以介紹給舍友看看，說不準哪天如瀅的作品就拍成劇了。」

眼看陳澄南就要走遠了，文胤崴趕緊按下錄音鍵說道：「好，先帶一本給我看看吧！媽，我先去讀書了。」

語畢便關上手機螢幕，他趕緊跟上陳澄南的步伐，只見陳澄南朝他訕笑，用唇語說：「媽寶。」氣得文胤崴逕自挖起一點積雪揉成球，扔向陳澄南。

陳澄南也不甘示弱，捲起袖子就揉個雪球往文胤崴砸，兩人一來一往，居然出了一身汗，寒風吹過，冷得他們直發抖，只好趕緊奔往教學樓取暖。

總算感受到暖氣朝他們襲來，他們這才停止哆嗦，找到一間空教室便坐下來準備讀程序設計的筆試。

正當文胤崴拿出厚重的課本要來好好奮鬥時，一拿出課本就看見隔壁的陳澄南正看著他，百般無聊地問：「阿姨剛剛跟你說什麼啊？瞧你震驚的。」

文胤崴不以為意，翻開課本就要繼續學習，頭也不抬地答：「沒事兒，我朋友要出書了。」

「你朋友要出書了？我靠！才大一吧？這麼有才華！」陳澄南誇張地喊。

聞言，文胤崴忽地想起李如瀅寫過的作文，還有她似乎有寫日記的習慣，她還跟他說過，裏頭大抵都是在罵他的。

文胤崴忍不住笑，「她的確算是個才女，咱們文科班的第一名。」

「才女？文胤崴你又惹花拈草？」聽到是個女生，陳澄南忍不住大叫。

「惹花拈草個頭，我是這種人嗎？」文胤崴睨他一眼便繼續低頭讀書，「還不趕快讀，等等掛科了可別怪我沒提醒你。」

陳澄南這才安靜下來，頓時教室裡只剩下寫字聲，文胤崴望著書上的程序編碼，卻又想起了方才陳澄南的話。

其實他並沒有說錯，他和李如瀅的關係確實不再那麼純粹了。

他忽地覺得書上的文字都成了蝌蚪似的，四處亂竄，他揉揉眼睛，重振旗鼓，繼續奮鬥，然而陳澄南的話還是縈繞於心頭，久久不能散去。

接著幾天北京下起了連日大雪，為了期末考日夜苦讀的文胤崴就這麼感冒了，本想撐著去教室裡繼續學習，最後還是在室友們的勸阻下留在宿舍裡休息了。

他躺在床上，繼續翻最近要小測驗的科目，最後還是不敵睡魔昏昏欲睡，沉入夢鄉前，他驀地又想起那天和陳澄南的對話。

彷若有道女聲，語氣像個小媳婦，悄然傳來。

「去大陸以後還能讓人放心嗎？你就不能稍微讓人放心點嗎？為什麼老是讓我擔心？」

「不要再擔心我了。」他喃喃，遂沉入了夢鄉。

後來他和李如瀅一起考上了翰青高中，分別去了文、理科班。

李如瀅一直是個很神奇的人，好像一眼就能看穿他，考基測前，她給他縫了一個御守，說要給他打個強心針。高二那年運動會，他沒能代表班上參加四百公尺接力，心裡有些失落，沒想到一下課李如瀅便瘸著腳跑來安慰他。

她是他在臺灣三年多最好的夥伴、知己，每晚挑燈夜戰時總會看見她同樣在奮鬥的身影，每每公布成績總能看見她不服輸，仰頭朝他說：「少臭屁了，等我考贏你吧！」

他曾告訴她，希望某天他也能理解她，只要她願意說，他便願意聽。

可李如瀅從沒給他機會理解，最後一次看見她時，李如瀅朝他笑，卻有種莫名的淒涼感。

「再見了，文胤崴。」

他們那三年的故事就這麼戛然而止了。

之後因為課業忙，他也沒有再主動聯絡她，而他隱隱中知道，李如瀅再也不想見他了，他也沒臉再見她了。

醒來時大家都回宿舍了，老四見他起來便說：「二哥，我給你買了食堂的粥，你將就點吃吧。」說完便低頭繼續讀書。

「嗯，謝啦！」文胤崴從上鋪爬下來，書桌上的粥早就涼了，他忍不住嘆：「要是這是熱的就好了。」

「你還敢嫌，趕緊交個女朋友給你洗手作羹湯吧！」

他一笑置之，也不敢嫌了便低頭吃粥，忽然想起初中晚自習放學時依舊吃得到媽媽準備的熱菜，高二某次晚歸還有加熱了好幾次的番茄炒蛋。

他擱下湯匙，忽然覺得沒了吃的興致。

「唉，學習、學習，成天淨是學習，這是要咱們全都進瘋人院吧！」老四闔上筆記，趴在書桌上，一點幹勁也沒有，忍不住碎碎念起來，他拿起課本，指著它朝文胤崴說：「你看看，課本都快被我望出一個洞了啊！」

文胤崴見他這樣，只得乾笑，「哎呀，等考完了，咱們再出去玩吧！反正明天是週末，今晚早點休息也行啊。」

老四這才消停下來，轉個話題，「話說二哥你這樣請一天假還行嗎？明天不是還要回家？」

「請都請了，哪有什麼行不行的？」

「也是。」老四又是一副生無可戀的樣子，「唉，考完高考前我還想人生最痛苦的階段終於過了，誰知道大學又是新的地獄。」

文胤崴笑而不語。

他忽然想起什麼，朝文胤崴露出賊賊的笑容，搞得文胤崴毛骨悚然，退了好幾步。

「嘿嘿，剛剛在食堂我都聽三哥說啦！聽說你高中就拍拖了，高中生活特精彩。」

聞言，文胤崴整張臉都脹紅了，立刻起身朝陳澄南的床位喊：「陳澄南！你王八蛋！」

原本還在床上滑手機的陳澄南被文胤崴這沙啞的獅吼功嚇得一個鯉魚打挺，正襟危坐，「得了得了，我的錯。別接近我啊！文胤崴你現在根本就是生化武器，我都想把你送去跟系上第一名住了。」

老四也在後頭幫腔，「是啊！二哥呀！和氣生財，改天三哥給我們叫外賣吃好吃的賠罪，行吧？」

文胤崴這才悻悻地回到自己的位子上坐好，繼續吃那碗冰冷冷的白粥。

陳澄南見他殺傷力下降便涎著臉說：「話說，哥你還沒給我講完跟小女友的事呢！你這要我怎麼掏錢請客呀？」

老四聞言也湊近他，活像隻哈巴狗，等著得到獎勵，連原本要睡了的老大也精神抖擻地朝他望。

文胤崴被他們盯得不自在，嘆了口氣，好半晌才開口，「我們高二期末分手了，因為遠距離。」

高二下學期，原先被當作神仙眷侶的他們的感情似乎隨著熱戀期過了，許多瑕疵也跟著露出來。

杜嫣然的爸爸並不喜歡他，因為他是大陸人，每每想起這個原因他總覺得很好笑，來臺灣前他擔心了那麼久的狀況，在同儕間沒有發生，沒想到居然會發生在女朋友爸爸身上，他甚至壓根兒不願意去認識他。

偶而杜嫣然也會因此向他道歉，他總說沒關係，其實他更心疼夾在中間兩難的杜嫣然。

而杜嫣然的價值觀也和他有些相異之處，造成了他們間的鴻溝越來越大。

他們在畢業旅行大吵了一架，當時他在原住民的紀念品店拿著一個捕夢網要結帳，杜嫣然見狀心花朵朵開，笑得特別燦爛，朝他問：「胤崴，這是要給我的嗎？」

文胤崴面露難色，有些尷尬地撓頭傻笑，「其實是要給李如瀅的，她最近生日要到了。」

聞言，杜嫣然的臉就這麼垮下來了，跟在文胤崴身邊，一言不發。

他有些尷尬，也不敢多說什麼，逕自走出店面，在墾丁大街上漫無目的地向前。

「要吃地瓜球嗎？妳不是挺喜歡的嗎？」好不容易找到個話題，文胤崴笑容僵硬，朝她問道。

只見杜嫣然怒氣沖沖地瞪他，咬牙切齒地說：「你買給李如瀅啊！不是很喜歡她嗎？」

文胤崴被她這副模樣嚇到，語氣也不自覺有些惱火，「關李如瀅什麼事？妳是我女朋友還是她是我女朋友？」

「我才想問你這個問題。」

「怎樣？我不能替好朋友慶生？」

杜嫣然沒有回答，逕自推開他，就這麼跑走了。

文胤崴氣得抓緊塑膠袋，忍不住踢了下腳邊的石子，怒火沖沖地往反方向揚長而去。

隔天他們連對視也沒有，晚上他跟著蘇墨雨、蕭宇堯一起去搭摩天輪，誰知道他倆還找了隔壁班的女生一起搭，他本想乾脆就離開別跟他們坐了，沒想到蘇墨雨居然朝排隊隊伍裡的李如瀅喊要一起搭。

他被蘇墨雨的話給嚇到了，看見隊伍裡的李如瀅一臉尷尬地走向他，還朝他訕笑，「唉！鬧什麼脾氣？姐這就陪你搭。」

他想起了昨晚在墾丁大街上的事，說起來妳可還是我們吵架的原因呢！他別過頭，嘟囔：「誰跟妳鬧脾氣啊？」

也不知道蘇墨雨是怎麼搞的，眼看就要上摩天輪了，居然讓他跟李如瀅單獨搭一個。真是屋漏偏逢連夜雨。

他低頭看下同樣尷尬的李如瀅，嘆了口氣，決心打破此刻的氣氛，便朝她講了一個又一個無聊的笑話。

氣氛就這麼和緩下來了，他們倆又像平時一樣嬉鬧，播了一首又一首的歌。

忽然，李如瀅沒頭沒尾地說：「今天能跟你一起搭摩天輪真的很開心。可是該跟你一起的不是我。」

文胤崴一愣，「妳都知道啊？」

她頷首，格外誠懇地朝他說教，她非但沒有站在他那兒，還特別理性的分析了這個狀況。

果然是李如瀅啊。

「你看這裡這麼美，乾脆等一下帶她來坐吧！」李如瀅笑吟吟地指著窗外景致，替他想了個緩解的方法。

他頷首，格外感激地望著她。

後來他確實帶杜嫣然來搭摩天輪，和她和好了，可他們之間似乎隨著這次的吵架，有了點嫌隙。

杜嫣然的爸爸待在外商公司，長年不在家，這回總算是申請到了澳洲的居留證可以舉家搬到澳洲去。

即使再不捨，文胤崴也為這個對學習沒什麼興趣的小女友感到高興。

臨別前一晚，文胤崴一如往常送她回家，或許是因為即將分別了，一路上杜嫣然話沒有少過，絮絮叨叨著辦移民多麻煩，而文胤崴只是無奈而寵溺地笑笑，告訴她自己當初來臺灣也很麻煩，所以他懂。

等到了杜嫣然的家門口時，杜嫣然突然哭了。

文胤崴侷促地找衛生紙要給她擦眼淚，無奈書包裡只有運動毛巾，而且還是早上體育課用過的，只好作罷，任由她哭。

「胤崴，你會想念我嗎？」杜嫣然哭著問。

文胤崴肯定地回答：「想啊！當然會想。」

然而杜嫣然卻不領情，淚眼直勾勾地盯著他，執拗地說：「我不信。」

有什麼好不信的？文胤崴不解，難道要寫張契約才會相信嗎？

他只有像平常一樣，輕輕地摸杜嫣然的頭，想要藉由最原始的肢體接觸來讓她安心。

杜嫣然撲進他的懷裡，忘情地大哭，「我真的好怕，好怕你有天會離開我。你太好了，好到我覺得自己配不上你。」

文胤崴忍不住皺眉，不就是妳離開我的嗎？

他輕輕拍拍杜嫣然的背，就像安慰失措的嬰兒一樣柔聲地說：「別哭了。」

「我真的很希望能夠更了解你，你需要的絕對不只是一個能陪你歡笑的人。」杜嫣然哭哭啼啼地說。

文胤崴懵了，「妳在說什麼啊？妳不也是每天陪我笑嗎？」

和杜嫣然在一起的時刻，總能讓他忘記學習帶來的壓力，好似兩個人在一起就天不怕地不怕。

杜嫣然突然這麼問道：「我想問問，如瀅對你而言到底是什麼？」

他被問得一頭霧水，卻依稀清楚杜嫣然的言下之意，隨即甩頭拋開這個想法。

他朝她露出燦爛的笑容，輕輕撫摸她的頭髮，「還能是什麼？感情很好的鄰居唄！」

杜嫣然見他這樣才鬆了口氣，轉了個話題，聊起澳洲風光，並告訴他要記得好好存錢，放假來看她。

那是他們最後一次面對面說話，而最後的談話卻是電話裡的分手。

曾經引起全校關注的情侶就這麼散了。

直到現在，文胤崴還是無法篤定地告訴自己這段感情究竟帶給自己什麼，沒有人教會他什麼是愛，他的父母從來不是模範夫妻，他甚至懷疑過，他們真的有相愛過嗎？

而杜嫣然恰恰好替他上了一課，稍稍地告訴他怎麼去愛。

他還記得電話的最後，杜嫣然朝他笑嘻嘻地說：「胤崴，要是遇到下一個人，麻煩你全心全力地去愛她，多多關心她吧！」

不得不說，他至今依舊特別感謝他的初戀女友是她。

「大概就是這樣吧。」文胤崴說道。

只見寢室裡幾個人原先聚精會神，像是一場精采的電影散場，總算得以喘口氣。

「天哪！咱們老二的故事也太浪漫了吧！」陳澄南煞有介事地喊。

「是啊是啊！趕緊翻拍成電影，保證票房冠軍呀！」老四跟著附和，一副唯恐天下不亂的樣子。

「什麼鬼啊？你們倆最好給我閉嘴！小心爺今晚爬上你們床，把感冒傳染給你們呀！」文胤崴咬牙切齒地吼，他們這才消停下來，乖乖低頭做自己的事。

眼看粥碗也空了，文胤崴起身要拿去丟，才剛起身老大便叫住他。

「老二啊。」

他一臉困惑地轉頭望上鋪的老大，只見老大問道：「你跟你那隔壁鄰居真只是朋友嗎？」

他被這個問題給噎住了，忽然想起這幾天總是不禁浮現在腦裡的畫面。

他想起了畢業那天晚上，李如瀅踮起腳尖來吻他，他還忍不住反應過來便轉身離開。

「再見了，文胤崴。」

為何他想起這件事時，心底忽然有些發酸呢？

他回過神來，趕緊繼續動作，拎著碗，看也不看老大，逕自回答：「還能是什麼呢？哎呀！別八卦了！明早繼續努力學習呀！」

老大見沒話可接便說了句「晚安」，然後就蓋被子睡了。

文胤崴推開房門，要到廁所洗碗，腦子裡卻還盤旋著這些天來想起的事。

回憶這傢伙可真是狡猾，一出現就不願意消停了。

「文胤崴。」

好似聽見了她的聲音在走廊上迴盪著，文胤崴驀然回首，卻不見人影。

他忍不住喃喃：「李如瀅……」

能不能暫且消停下？

白天睡太多了，文胤崴一直到半夜三點才入睡，隔天又起了個大早要回外婆家。

等到到外婆家已經十點了，一進門就看見媽媽正在和幾個親戚推薦臺灣藥妝，活像是直銷人員。

「媽。」他喚。

媽媽聞聲立刻轉頭四處張望，見著文胤崴便立刻興奮地走出人群，「感冒啦？怎麼聲音這麼沙啞？」

他頷首。

「哎呀！剛好媽媽夠英明，從臺灣給你帶了點感冒藥，趕緊泡來喝！」媽媽從桌上拿了包伏冒熱飲給他，他忍不住笑，果然是媽媽會做的事。

難得親戚齊聚一堂，他們一家子煮了一頓好料，也算是解了文胤崴想吃家常菜的願望。

親戚們互相寒暄，偶而也會問文胤崴在清華怎麼樣？真該給他去教教家裡不成材的孩子們。

他只得尷尬的笑笑，只見身旁的表妹悶悶不樂地低頭扒飯，顯然就是剛剛被數落了一番，不怎麼高興。

表妹忽然拿出手機，打開微信，傳了一串信息，表情立時和緩了起來。

文胤崴見狀，趁著親戚們都不注意時，低聲問她：「喜歡人家啊？」

表妹聞言立刻倉皇地收起手機，「哥，別鬧我呀！」

文胤崴嘿嘿笑起來，像極了使壞得逞的壞孩子。

「別這樣嘛！我高中時也交過女朋友，學習一樣沒問題啊！」

只見表妹立刻換上愁容，低下頭，語氣是淡淡的憂愁，「但是我跟哥你不一樣。那個人才不會喜歡我呢。」

文胤崴頓時就被噎住了，什麼話也說不出口。

他想了好半晌才開口，「想那麼多幹什麼？人家有不准妳繼續喜歡他嗎？你們女生真是的，專心備考吧！哥保證之後妳考好了，那個傢伙搞不好就會看到妳了。」

「真的嗎？哥可別訛我啊！」表妹這才笑顏逐開，文胤崴看著這張笑容，莫名的罪惡感就這麼油然而生，隨後又安慰自己，要讓她認真讀書說個善意的謊言是必須的。

這餐飯吃得相當滿足，眼看就要下午三點了，文胤崴還要回學校複習，便和親戚們道別，打算提早離開。

「文胤崴，等等啊！記得帶這些回宿舍！」

眼看他就要走了，媽媽立刻囑咐他帶上東西，文胤崴回頭看一下媽媽要他帶的東西，一臉為難地問：「媽，這大包小包的，我要怎麼帶回去啊？」

「哎呀！你爸跟如瀅的心意，再難也要帶回去啊！」媽媽從廚房裡拿了個袋子給他裝東西，忍不住叨唸個幾句。

聞言，文胤崴一臉困惑地問：「李如瀅？」

他以為她再也不想理他了。

媽媽替他把東西裝起來，頭也不抬地答：「對啊！如瀅剛放寒假回家，聽到我要回北京就讓我帶包裹給你了，啊，她的書也在裡面，我還來不及給她簽名呢！下次回臺灣自個兒給她簽吧！」

文胤崴拿起包裹，心底不知怎地，有些悶。

「注意健康，期末考好好讀。」媽媽把袋子遞給他，朝他笑說：「下次媽再回來看你，今年你爸應該也會來北京跟咱們一起過年。」

他笑笑，「好，到時候再給他吃地道的北京菜。」

離開家門後文胤崴走向車站，又不由自主地想起咀嚼起方才的對話。

他拿出手機，接上耳機要聽歌，誰知道右聲道就這麼壞了，他鬱悶地摘下右邊耳機，思索等會又要去買新的耳機了。

正當他轉頭要查看返校的公交車來了沒時，他看見一家人從對面的飯館走出來，父親看上去比母親大一些，他們牽著一個小女孩，看上去相當欣喜。

父親忽然回首，和文胤崴對上了視線，文胤崴瞪大雙眼，拿起包朝他的方向走去。

他沒有發現文胤崴的目光，逕自招呼家人們上車，自己打開車門上車了。

文胤崴望著那輛車，卻連該怎麼稱呼這個人也說不出口。

是他的生父啊。

他以為此刻他是怨懟的，怨父親沒有給他一個圓滿的童年，怨父親就這麼狠心拋下了他和媽媽。

可在他看見父親組成了一個新的家庭，完成了他童年的夢想——一家人一起上飯館，他居然覺得內心是暢快的，好像好幾年懸在那兒的石子就這麼解下了，他忽然就不知道怎麼去恨了。

他望著車子揚長而去，忍不住勾起嘴角，忽然手機震動了下，他低頭查看，聯絡人顯示「王明成」，底下是一串繁體字：

「胤崴啊，見到媽媽了沒？我給你帶了點鳳梨酥，可以分給你室友。」

他望著手機螢幕，不由自主地想起了他和現在這位「爸爸」的記憶。

來到臺灣後，他始終卸不下心防，擔心跟前的王叔叔會像連續劇裡的繼父，縱使他清楚不可能，縱使他清楚知道王叔叔對他有多好，但只要想到自己並不是親生兒子，不免感到有些尷尬。

高二時，因為外公病了，媽媽要回北京一趟，他就這麼被迫和王叔叔單獨相處，原先他們之間還有媽媽這個橋梁，如今橋沒了，他頓時不知道該怎麼去相處。

因此他找了好幾個藉口，比如要和蕭堯等人吃飯，要教杜嫣然功課等等，就是不願意早點回家面對王叔叔。

當時正逢國語文競賽，他和杜嫣然放學留在教室裡，她給他磨墨，而他逕自練習寫字，寫了好幾張，卻張張不好，他只得嘆口氣，寫一張揉一張。

杜嫣然見狀，忍不住指著宣紙上的「逸」字，哇哇大叫：「太浪費了吧！你這個字不是寫得挺好的嗎？」

文胤崴看著宣紙上原先的楷書被他寫得越來越亂，最後都成了草書，唯有那個「逸」字還能看得懂。

是爸爸過去手把手教他的字。

他拋開這個念想，朝一旁的杜嫣然笑問：「怎樣?我寫得好看嗎？」

杜嫣然露出傻里傻氣的笑容，「當然，胤崴寫什麼都好看。」

他滿意的笑笑，然而他現在卻覺得寫什麼都不對。

正當他要換另一張宣紙時，手機震動了下，他低頭查看，看見李如瀅傳來的訊息：「剛才看你房間還是暗的就想提醒你一下，趕快回來吧！王叔叔擔心你！」

他被這個訊息搞得更悶了，隨手打了個「好」字傳送便繼續練習寫字。

等到吃完飯要回家時已逾晚上八點，他不想那麼早回去面對王叔叔，又讓杜嫣然陪他在市區轉個幾圈才回家，等搭上公車已是晚上十點，這個時間平時王叔叔早睡了。

他推開家門，家裡卻依舊燈火通明，好似在等待著他歸來。

他盤算王叔叔睡了，便沒有說「我回來了」便換上室內鞋進門，經過客廳要上樓回房時，卻看見客廳電視沒關，他走進客廳要關電視，一進去就看見王叔叔躺在沙發上閉目養神，發出細微的鼾聲。

他頓時就被這個畫面給鎮住了。

大概是被他給吵醒了，王叔叔揉揉惺忪睡眼，沒有戴眼鏡看不清楚人影，迷迷糊糊地問：「胤崴嗎？」

文胤崴被他這副模樣給嚇著了，愣愣地頷首。

王叔叔戴上眼鏡，站起身來，往廚房走去，「我九點半時有給你弄熱飯菜，現在可能也冷了，叔叔再幫你弄熱吧！」

他望著王叔叔的背影，不知怎地，想起了和爸爸離婚後，總是堅強地撐起他的世界的媽媽。

文胤崴忽然覺得有些鼻酸，眼淚模糊了視線。

他揉了揉眼睛，艱難地開口，「叔叔，沒關係，我自己來就好，趕快休息吧！」

「沒關係，我來，誰讓你是我兒子。」王叔叔無所謂地回答。

文亂歲停下腳步，頓時什麼話也說不出口，想起了童年時期，爸爸喝得爛醉，點了根菸，看見正在算數學的他居然哭了起來，沒頭沒腦地說：「有時候我還真希望沒你這個兒子，會不會我就比較自由一點？」

他聽見了點燃瓦斯爐的聲音，眼淚一點一滴地落下，好像這些年的委屈，都隨著淚水落盡了。

他朝正在瓦斯爐前熱菜的王叔叔的背影，輕聲地喊：「爸。」

他不敢大聲喊出來，好像一旦說出口，那天吐著煙圈的男人又會像隻猛獸朝他撲過來。

他胡亂拭去淚水，確認自己沒有異狀後便拿碗招呼王叔叔一起吃飯，王叔叔謝絕了他的邀請，煮好飯便說要回去睡了，並囑咐他早點休息。

他獨自坐在餐桌前，拿起湯匙一口一口舀番茄炒蛋來吃，酸甜的滋味像是要撫平年幼的他的創傷，他一次又一次地想起那個每晚為了父母關係憂心忡忡的男孩，如果能夠回到那時候，他肯定會告訴他，別怕，等到長大以後，他就會遇到一個真正視他如己出的父親。

他舀起最後一口番茄炒蛋，抬頭望見窗外夜色。

這回，不是孤單的夜了。

回到宿舍已是晚上了，陳澄南交代他給他們帶飯，他只好拎著大包小包上樓，活像他們房裡三少的幫傭。

他推開房門，一進門就看見老四像隻看門狗，趕緊替他拎行李，回頭就朝房裡喊：「二哥回來啦！」

原本還在讀書的陳澄南立刻轉頭朝他抱怨：「二哥啊，我們等你等得好苦，肚子都要餓扁了！」

「誰叫你們都不自己買，也不想想我是你們的舍友，不是幫傭啊！」文胤崴碎唸。

陳澄南接過麻辣燙，賤兮兮地笑：「文胤崴你就別給老大了，咱們大情聖還在跟大嫂你儂我儂呢！」

文胤崴轉頭瞥見老大朝他們瞪一眼，繼續講電話，甚至還開擴音，一點也不尊重他們這群單身狗室友，說的是廣東話，但還是能從語氣裡聽出有多麼肉麻。

他回到書桌前坐好，拆開媽媽給他包的東西，一打開就看見好幾盒鳳梨酥，抬頭對舍友們說：「我媽給我帶了點臺灣名產，大家分著吃吧！」

陳澄南聞言立刻反彈，「別跟我說是鳳梨酥啊！我最討厭鳳梨酥跟珍珠奶茶了！」

老四忍不住笑，「三哥，跟別人說你是臺灣人他們還不信咧！」

「就因為我是臺灣人，才會吃膩啊！」陳澄南反駁。

文胤崴聽他們一來一往，也跟著哈哈大笑起來，他從抽屜裡拿出剪刀拆李如瀅的包裹，那丫頭不知怎麼包的，光是膠帶就黏了好幾層，總算是拆開了，他打開紙箱，只見裡頭是一封信還有一盒口罩。

他拆開信，哭笑不得。

「保重，清華的苗子。」

果然是李如瀅會做出來的事。

他把箱子放在一旁，打開剛剛買的麻辣燙來吃，才剛打開就聽見老大的女朋友用普通話說：

「寶貝，今晚的月色真美。」

「文胤崴，今晚的月色真美。」

他忽然想起和杜嫣然交往隔天，李如瀅也朝他這麼說過。

他擱下餐具，一臉困惑地望向老大，只見老大笑得像個色老頭，直說：「是啊是啊！只要想到跟你在看同一顆月亮我就滿足了。」

「什麼鬼啊！今天哪來的月亮可以看？」陳澄南邊吃邊嘟噥。

老大聞言又送了他們一把眼刀，繼續跟女朋友膩歪了好一陣子才掛電話。

等到他講完電話後，文胤崴趕緊叫住他，「老大！今晚月色真美有什麼特殊的意思嗎？」

老大一臉鄙視地望他，「你未免也太沒文化了吧！你不知道這是夏目漱石的名言嗎？月色很漂亮是因為跟喜歡的人一起觀賞啊！」

他被這句話給鎮住了。

「文胤崴，今晚的月色真美。」

「是挺美的，怎麼了嗎？」

原來她早就和他告白過了，其實從來不是她沒有給他機會去理解，而是他從來沒有發現。

他頹然倒在椅子上，想起了和李如瀅相處的點點滴滴。

那個長得讓人沒印象，卻能因為翻白眼讓他印象深刻的女孩；那個能夠一眼看穿他的女孩；那個神祕的女孩；那個怒氣沖沖地朝他對罵的女孩；那個佔據了他整個臺灣生活的女孩……

「你跟你那隔壁鄰居真只是朋友嗎？」

他想起了昨天老大問他的問題。

其實答案很清楚了，李如瀅之於他絕對不只是鄰居，她是他的知己，是他最好的夥伴，她一直離他很近，近得好像都看不清彼此的感情了。

「可是我能理解你。」

那天他因為沒有入選四百接力而有些消沉，這種幼稚心思一眼就被她給看穿了，她非但沒有嘲笑他，還特別誠懇地說：「我理解你。」

只消這句就夠了。

「但我總覺得看起來像在發洩情緒，就是那種有苦難言無處宣洩，楷書又像是被箝制一樣，只好寫草書來發洩。」

那天練習國語文競賽，她給前一天被杜嫣然稱讚的字做了這番評論，他被她的話給嚇到了，下意識想要摸她的頭，希望能從中獲得她的安慰，發覺自己這個想法後便趕緊撤手，不斷催眠自己，這可是李如瀅，是朋友啊！

「我們一起上臺大吧！」

那個颱風夜裡，他朝她這麼說，她想也沒想地朝他露出燦爛的笑容，笑答：「好。」

「你就不能不走嗎？」

那天在日月潭，她朝他喊，他卻裝作沒聽見，逕自回到民宿裡了。

「文胤崴，再見了。」

畢業那晚，她朝他這麼說，然後就轉身快步離去，連踩進了水窪裡都沒發覺，那晚他時不時就望向她的房間窗子，窗簾緊閉著，他知道，她再也不想見他了。

「文胤崴。」

他低頭看她給他寄來的包裹，不知怎地，忽然覺得特別的哀傷。

「你能不能把它帶到北京？上面的是密碼，我相信你能解開它的。」

他忽然想起了畢業那晚，李如瀅攥著一張紙片，讓他把它帶去北京，可他看了眼看不出個所以然，就把它跟其他資料一起放進資料夾裡，就再也沒動過了。

他趕緊打開書包拉鍊，翻找出資料夾，找了會兒總算找到那張紙了。

unrequited_dairy

20120501

紙張右下角還有小小的Instagram，他瞬間明白了什麼，趕緊拿出手機打開VPN，下載了Instagram，等待的過程心急如焚，好不容易下載完畢，他趕緊把紙上的內容打上去，按下登入，沒想到螢幕上真的出現了載入中的圓圈，總算是登入進去了，他打開用戶頁面，看見了將近一百則貼文，裡頭是一張張照片，都是翻拍筆記本的。

他點開第一則貼文，看見了醒目的2012年5月1日。

是日記。

「我就是想，我都跟妳說祕密了，妳是不是也該跟我說一個？」

「其實我會寫日記。」

「寫日記這種事能算祕密嗎？」

「當然算啊！我可是把寫作文的秘訣都傳授給你了呢！」

「那妳肯定在裡面寫了很多我的壞話吧？」

「嗯，很多。新仇舊恨都寫了，來日全部一起清算。」

他想起了那天和李如瀅交換祕密時的對話，會心一笑，他看完了日記內容，然後輕輕地在底下留言打上：「原來寫日記真的是祕密，我現在終於懂了，抱歉這麼晚才明白。」

他一則一則看，一則一則留言。

他從她的日記裡得知了她的祕密，她為了看他打球會跑去比較遠的科教大樓上廁所；她曾經趁他讀書時偷偷畫了他的臉；她曾替林書榆給他寫情書，知道他很喜歡她寫的段落時特別地感動；她其實一點也不想祝福他跟杜嫣然；其實徐以恩心情不好只是他們倆的幌子；她曾為了給他買生日禮物跑遍了大街小巷；她真心地期盼能夠和他一起讀臺大；她其實單戀了他整整三年……

最後一則貼文只有短短八個字，路過你的時光漫漫。

文胤崴望著這八個字，內心五味雜陳，最後輕輕地敲打鍵盤，宛若敲在心上，柔和得不得了。

「好，我不做過客，我答應妳。」

期末考就這麼結束了，宿舍裡幾人決定約出去大吃一頓，臨行前文胤崴趕緊從桌上拿起早就寫好的信一起出門要順道到郵局寄信。

「二哥，寫什麼信啊？也太old fashion了吧？」老四看見他拿著信，忍不住問道。

「唉，這你就不懂了，這是文科生的浪漫啊！」文胤崴擺擺手，敷衍地答。

「啊？文科生？」

吃完飯後他們幾個又一同在街上兜兜，文胤崴也順道把信給寄了，郵局人員看到要寄去臺灣忍不住問：「小夥子寄去臺灣啊？」

「嗯，寄給家人，我媽嫁到臺灣去了。」

郵局人員這才沒有多問，把信給它放進航空郵件了。

一時間玩得太開心，老大跟老三都喝得醉醺醺了，他只好把他們幾個扛回宿舍後才能自己出去走走。

他忽然想到還沒真正看過朱自清描寫的荷塘月色，便往近春園走去，路上情侶三三兩兩，無不在慶祝期末考的結束。

他感到有些尷尬，只好戴上耳機，撥了通電話給媽媽。

電話好半晌才接通，媽媽的聲音從耳機傳來。

「喂？幹嘛？」

「沒有啦！看妳在幹嘛啊！」文胤崴賊兮兮地笑說。

「就你會扯。」媽媽無奈地答，絮絮叨叨最近發生什麼事了，王叔叔要升遷了等等。

文胤崴津津有味地聽，偶而也會插入幾句最近的生活瑣事——當然已經把在老四生日時把他丟進池塘裡這種事給過濾掉了。

總算到了近春園，他坐在長椅上，望著眼前景致，忽然想起了這次打電話的目的，趕緊換個話題：「對了，媽，我寄了封信給妳，幫我轉給李如瀅吧。」

原先被雲朵給遮住的月亮正巧露出來，似乎也在替他感到興奮。

「當然好啊！對了，」媽媽突然說：「如瀅好像交到男朋友了。那你呢？」

媽媽的話有如毒藥，頓時讓他失了言語能力。

他以為她會等他，他卻忘了，人生只能繼續向前，而他們早就走向另一個岔路口，各自朝著不同的方向前進了。

他試圖讓聲線平靜，好半晌才回答：「怎麼可能，讀書都來不及了。」

他甚至不敢問對方是怎麼樣的人。

他抬頭望著皎潔月色，卻總覺得月亮似乎正嘲笑著他。

興許是感覺到他的不快，媽媽又轉了個話題，有一搭沒一搭地閒聊，直到手機快要沒電了才說：「胤崴，媽先去給手機充電了，不要玩得太晚，早點休息啊！」

「嗯，好。」文胤崴笑說。

「那我先掛了。」

眼看媽媽就要掛電話了，文胤崴焦急地喊：「等等！」

「又怎麼啦？」

文胤崴顫抖著聲線，揚起了一絲苦笑，「信別給李如瀅了。沒什麼重要的，替我丟了吧。」

「啊？」

「媽，拜託。」文胤崴央求她，唯恐等一下情緒就要崩潰了。

媽媽這才反應過來，「好啦好啦！那我真要掛了哦！」

「嗯，掰掰。」

嘟——

文胤崴摘下耳機，抬頭望著近春園的夜景，明明是如此美景，他卻覺得內心無比淒涼。

他垂下頭，低低地說：「我真是混帳。」

他拿起手機，拍下眼前景致，喃喃：「今晚的月色真美……」

可這回沒有妳一同共賞了。

後來的日子他偶而會藉由那個Instagram帳號紀錄一些生活瑣事，期盼有天能被李如瀅發現——很可惜沒有。

接著兩年的假期他都在大陸度過，說來可笑，將近三年都沒有回臺灣的家了。

他也會請媽媽從臺灣寄點東西來，自從他上回帶了李如瀅的書回宿舍，整房的人都成了她的書迷，巴不得讓文胤崴直接把李如瀅帶來宿舍給他們劇透完《永晝歌》全集。

大三要開始準備考研時，陳澄南告訴他想要回臺灣讀研究所，聞言，他忽然想起了過去和某人約定過要一起讀臺大，他忍不住勾起嘴角，特別堅定地說：「那我跟你一起回臺灣讀研究所吧！」

「啊？」陳澄南有些愣然。

文胤崴笑說：「以前有個傢伙告訴我，要和我一起上臺大，要是沒能達成約定也太娘們了吧！」

陳澄南更是一頭霧水，想了許久終於想通了，聲音忍不住上揚了，「不會是二嫂吧？文胤崴你又瞞了我什麼？」

文胤崴忍不住笑，「你知道的，蘭州拉麵一碗換祕密一則。」

「成交！」

他就喜歡陳澄南這種紈褲子弟。

轉眼又到了一個寒假，文胤崴總算要回臺灣過年了，收拾行李時舍友們不斷要求他這次一定要帶《永晝歌》的簽名書還有鳳梨酥跟珍珠奶茶回來。

「哎呀！你們幾個吱吱喳喳吵死了！自己去臺灣買啦！」他罵：「何況我們還有陳澄南這個真正的臺灣人！」

總算收到最後一件東西，他轉頭看了下書桌上的御守，想起了李如瀅送給他時那個羞赧的表情，一送出就趕緊跑走，文胤崴望著她的背影，忍不住笑了出來。

他輕輕拿出御守裡的紙張，裡頭的「絕對錄取臺灣大學電機系」早已泛黃，可他對她的記憶卻依舊。

老四本想再去跟文胤崴討土產吃，馬上就被陳澄南給攔住了。

「三哥，你幹嘛啊？」老四不解地問道。

「哎呀！安靜點，想要什麼哥買給你。」陳澄南道：「何況文胤崴這次回去可不是為了這種無聊的事的。」

「啊？」老四聽得滿頭問號。

陳澄南忍不住笑了起來，拍了下他的肩膀，直說他不會懂的。

「二哥要去找回二嫂了。」

文胤崴輕輕將御守綁在書包上，好似聽見了高中時代那個老是跟在自己身後的女孩的聲音。

「文胤崴！」

他輕輕放下御守，望向窗外皎潔月色。

這回，換他告訴她那句話了。

番外二　在椰林大道上

二〇一八年秋，大三的時光很快就過去了，數日子就像一卷卷發行的《永晝歌》，自從今年過年跟編輯討價還價以後我便成了高產作家，轉眼就上大四，也準備迎來《永晝歌》的完結篇。

我苦惱地看著電腦螢幕，word的字數統計依舊只有一萬多字，我正面臨所有作家都會遇到的關口──卡稿。

「我要成為高產作家啊！都已經第八卷了，不能就此打住啊……」我就像唸咒語一樣朝著電腦螢幕碎碎念，無奈這完全起不了效用。

就在我痛苦得抱頭深思該如何是好時，微信浮誇的鈴聲響起了，我只好暫停自憐自艾的迂迴，伸手去拿手機，看見手機螢幕上晃動的「文胤崴要求視訊通話」，我趕緊檢查一下今天穿搭，就怕等一下被他嘲笑，確認以後才安心點開接聽。

一按下接聽就看見文胤崴穿著短袖T-shirt，宿舍裡還開著電風扇的樣子，有點兒吵，時不時還傳來其他男生的吵鬧聲，在揶揄他：「二哥要找二嫂了！」

「我一年是能見到她幾次啊？通通給我閉嘴！」文胤崴氣急敗壞地朝他們吼，轉頭又朝我說：「如瀅妳不要聽他們亂啊！」

我差點就要答，沒關係，我挺喜歡聽他們說這種話的，但還是沒膽這麼張揚，就像交往這麼久了文胤崴最親暱也只會叫我名字，不會像其他情侶互稱寶貝之類的，根據我們某次嘗試過後的結果，我們都覺得肉麻得雞皮疙瘩掉滿地了。

文胤崴受不了他們煩，就拎著手機出房門，還會叮囑我：「等等閉眼睛啊！我現在走出宿舍沒準會看到裸男。」

我忍不住笑，「你不會遮住鏡頭就好了嗎？」

「少囉嗦！不要笑我！」他像個孩子叫囂，卻還是聽話，乖乖遮住鏡頭了。

過了不久以後他的臉才重新出現在螢幕上，燈光昏暗，看來他跑出宿舍到門口去了。

「妳在幹嘛？」他問。

「還能幹嘛？不就在跟你聊天嗎？」我開玩笑，看見他翻了個白眼以後才認真回答：「剛在寫小說，但卡稿了。」

「哦！那跟我聊天正好！」他得意地說，也不曉得有什麼好得意的。

我問了他北京冷不冷，怎麼還穿件短袖？他說現在還只是「天涼好個秋」，但要是我去鐵定會喊冷，以後鍛鍊好我再帶我去北京玩。

我們閒聊了幾句，然後文胤崴突然說：「我訂了下個星期的機票，要去面試臺大研究所。」

他的臉色寫著滿滿的喜悅，就像一隻想要得到主人稱讚的狗。

等等，他原本是這個畫風的嗎？

我想要逗逗他，便故作不在意地說：「哦？是嗎？」

「妳別裝逼了，明明就很想見我。」

這傢伙就是看準了我喜歡他才敢這樣。

我不理他，乾脆繼續寫稿，他見我這個樣子才說：「不過我真的很想妳。」

我的臉馬上就紅了，手一碰發現燙得不得了，轉頭看見手機裡的人兒一副得逞的笑容，想要罵他卻什麼也說不出口。

「啊！我們門禁時間快到了，我先回去啦！」他說，但是沒有掛斷電話，而是繼續拿著手機邊走邊和我聊天，抱怨哪門課作業多，昨天宿舍老三生日被丟進了湖裡……

我靜靜地聽，偶而也插嘴昨天系上同學喝醉酒掉進醉月湖裡這類讓文胤崴哈哈大笑我們老經歷差不多的事。

轉眼他就已經回到寢室門口，這才依依不捨地說：「我該掛了……」

話還沒說完寢室的門就被打開了，是上次送文胤崴回北京時打過照面的陳澄南，陳澄南操著熟悉的臺灣腔，誇張地說：「不是吧！這樣也要十八相送？二嫂妳等等，下個星期就能見面了！再來你們就能從此過著幸福快樂的日子。」

「你給我閉嘴！」文胤崴捶了陳澄南一下，我看著手機螢幕忍不住咯咯笑了起來。

「李如瀅！妳別給我窩裡反！」他見狀忍不住喊：「也不想想妳男朋友是誰。」

「我男朋友？這麼幼稚的人是我男朋友？」我反問他。

他沒話可接只好說：「等我回去妳就完蛋了。」

一點也沒有威嚇力。

掛斷前文胤崴突然把手機前鏡頭湊近，就像要藉此隱瞞什麼，低低地說：「晚安。我很想妳。」

我還是看見了他通紅的耳根子，我的臉也跟著紅了起來，還沒回話他就掛斷了，我忍不住嘆自己的情商甚至比高中生還低，才這麼點事臉就紅成這樣。

我伏在桌上，也沒了心情寫稿子，望向桌曆，喃喃自語：「真希望下星期快點到。」

我沒有告訴文胤崴，我也很想他。

真的很想。

相比於沒有聯絡的三年還有身處兩地只能視訊的半年，一個星期顯得短了很多。

很快就來到了文胤崴約定的日子，我本想去接機，但無奈於大四課那麼少，偏偏今天的課從早到晚，只好讓他自己搭車來學校了。

課堂上當然什麼也吸收不了，我滿腦子都是他現在到了哪裡，有沒有迷路，那傢伙也很笨，沒有去買sim卡，連個wi-fi也沒有，怎麼也連絡不上，我突然有些埋怨陳澄南沒有跟著回來考臺大而是回家鄉考清大，放這個笨蛋自生自滅。

我時不時拿出手機來看，唯恐沒有收到他的訊息，他大概下午三點要面試，雖然有些擔心他，心底卻又很踏實，能夠自傲地想，他那麼優秀，一定成的。

這種感覺真矛盾。

終於捱到下午四點二十，和我修同一門課的沈于瑄難得今天不用實習，一下課就轉頭跟我說：

「我們今天要一起去玩嗎？我今天超想去西門的星聚點唱個三小時。」

我面露難色，「可是今天有人來找我。」

「誰？可以一起去唱啊！」

「呃，可是妳必須一直聽他唱五音不全的〈Rolling in the Deep〉，我看今天還是算了吧！」我答，想起文胤崴那對Adele的執著忍不住暗暗地笑了起來。

沈于瑄顯然是捕捉到了我那奇怪的笑容，覺得莫名其妙，最後突然想起了什麼，忍不住大叫：「該不會就是妳那個北京男朋友吧？他今天來臺灣？」

我沒有否認，趕緊背起書包就走，聽見後頭沈于瑄朝我罵：「李如瀅妳這個見色忘友的傢伙！」

當然，被我自動無視了。

我趕緊到大樓外牽腳踏車，立刻跨上腳踏車，平常覺得吃力的路程也覺得格外輕鬆，踩著腳踏板，就像要飛上天一樣，特別雀躍。

我心心念念著理學院，卻在經過醉月湖時看見他一身白襯衫，笑容和煦，陽光灑落樹葉，樹影恣意在他身上塗鴉，映得他更加燦爛。

我立刻煞車，急匆匆地下車，險些跌倒，左腳已踩地，右腳卻還卡在座位前的桿子上，動作有些滑稽。

他見狀，忍不住笑，然後朝我走近，時間好像韓劇裡演的一樣放慢了，他的笑容是如此的熟悉，如同每次通話最後的柔聲，輕輕地說：「我回來了。」

他回來了。

他真的回來了。

我理理身子，牽著腳踏車，緩緩前進，學起電影女主角將頭髮撥到耳後，等待他的下一個動作。

他離我越來越近，越來越近，伸出手來，作勢要將我擁入懷中，當他就要碰到我的後背時，湖邊樹上傳來了極大的聲響，嚇得文胤崴馬上收手，轉頭一看，看到一隻大笨鳥拍打翅膀，動作遲鈍地離開樹梢，就這麼飛走了。

我和文胤崴相視一笑，先是我大笑出聲來，笑得眼淚都流出來了，「為什麼我們倆永遠都不能浪漫一下。」

「我才想問妳呢！」文胤崴氣急敗壞地罵。

「不知道上次是哪個傢伙拿著高麗菜跟我告白，明明沒有月亮還跟我說今晚的月色真美。」我揶揄他，惹得他臉都紅了，作勢要拍我的頭，手懸在空中，我趕緊賠不是：「是我的錯啦！你可不能當恐怖情人哦！」

他露出得瑟的笑容，手就這麼往下，順勢把我抱進懷裡，低低地說：「好久不見。」

我回抱住他，「嗯，真的好久。」

可是這些等待都值得了。

我牽著腳踏車和文胤崴聊今天發生的點點滴滴，文胤崴得意地說教授問的問題他都答得出來，勝券在握，我笑他這樣太囂張了，心底卻是贊同他的話，同時也替他感到開心。

臺大校園中熙來攘往的不是人群，而是腳踏車，因為校園太大，腳踏車便成了學生代步的工具。

迎面而來許多急匆匆要趕課的學生，也有慢慢悠悠騎車健身的人，甚至還有男生張揚地載女生。

文胤崴見我看得兩眼發直，叫了我好幾聲，乾脆直接搖搖我的肩膀，「妳是靈魂出竅啊？」

我這才回過神來，說：「噢，沒什麼啦！我在看其他人騎腳踏車，我只是想，男生怎麼樂意這樣載女生啊？」

他挑眉，「怎麼？羨慕嗎？」

「有什麼好羨慕的。」我嘟噥。

文胤崴顯然是聽見了我的話，手按在我的腳踏車龍頭上，一把搶走它，逕自跨上腳踏車，文胤崴腳長，坐在上面腿都彎成直角了，他立刻向我抱怨：「李如瀅妳的腿太短了。」

我白了他一眼，任憑他調整坐墊位置，終於調好後，他拍拍腳踏車後座，朝我笑說：「要我載妳一程嗎？」

我見他這副模樣，心底漾起一波甜蜜，沒有推託，很乾脆地學起其他女生，坐在後座上，雙手環抱前方的男生。

他幹勁十足，「咱們清華的校園也很大，小爺平常訓練有素，包準客官滿意。」

我想像中的畫面該是什麼樣子呢？迎面微風吹過，女生留著如瀑長髮，髮絲在空中飛揚，而男生邊騎也能談笑風生，情侶感情就在這趟旅程中大大升溫。

很可惜的是，某次徐以恩來我們學校見到這個景象第一句話就是：「要是這在我們政大，都是山路，下坡還好，大不了就是煞車不及，後座的人飛出去了，上坡就可怕了，包準情侶馬上分手。」

而此刻我也覺得那些瑪麗蘇幻想真的只能是想像。

文胤崴踩著腳踏板，氣喘吁吁，沿路不斷抱怨：「李如瀅妳就省點餐費吧！」

而我也沒有好到哪去，我的後座沒有安裝墊子，坐得別說屁股發麻了，痛得要死。

受不了這樣的折磨，還沒騎到文學院我們就棄械投降了，我忍不住奚落他：「之前蕭宇堯說你的大腿肌是裝飾用的，果然沒錯。」

「好嘛！等我回去好好訓練，可以嗎？」他沒好氣地說。

他繼續牽腳踏車，然後用空出的左手牽住我的手，我望著前方一整排椰子樹，忽然想起大學面試那天獨自一人走在椰林大道上，心底想的是，真希望他也在這兒。

如今這個願望實現了。

「文胤崴。」我喚他。

他低下頭來看我，應聲：「嗯？」

「其實我覺得騎腳踏車一點也不浪漫，因為只有一個人在付出，在累，我最希望的還是能跟你並肩散步，一起慢慢走馬看花。」我說。

過去單戀的日子就像騎腳踏車載著沉重的包袱一樣，折騰人而費力，也未必有好結果。所以我希望能夠兩個人一起，漫步在時光長廊上。

文胤崴朝我露出了燦爛的笑容，牽我的手握得更緊了。

「嗯，我也是。再等我一下吧！未來當妳走過椰林大道時，旁邊的人都會是我的。」

聞言，我忽然有些鼻酸。

過去在單戀的時光，只要一些無關緊要的小事就能讓我感動個半天，如今不一樣了，我多麼的渴望能夠和他一起度過所有的關口。

我想起了前幾天陳澄南的玩笑話，其實那個「幸福快樂的日子」是我內心最深的渴望。

「如瀅，妳還記得妳高中時說過自己不喜歡張愛玲嗎？」文胤崴突然問。

經他這麼一問我才想起真有這回事，細細回憶，忍不住皺眉，然後搖頭，「我不是不喜歡她。」

文胤崴不解地望著我。

「她的愛情觀太複雜了，有時甚至讓人感到負面，我卻不得不承認她那些卑微的思維確實就是我心裡所想的。所以我不是不喜歡她，而是害怕去承認她的那些話，全都是我的心裡寫照。」我說。

我記得她愛胡蘭成的卑微，也記得她為愛而付出的代價，流下的淚水。

「可是，我還是很喜歡她的那篇〈愛〉。」

文胤崴挑眉，有些詫異，想不到我喜歡的竟是這樣的文句，「是那篇『噢，你也在這裡』嗎？」

我頷首。

於千萬人之中，遇見你所要遇見的人。於千萬年之中，時間的無涯的荒野裡。沒有早一步，也沒有晚一步，剛巧趕上了。沒有別的話可說，惟有輕輕地問一聲：「噢，你也在這裡？」

「張愛玲的其他篇章都很複雜，唯獨這篇是如此的純粹。一切都是巧合，都是偶然，卻讓少女念念不忘了這麼多年。我一直覺得和你的相會都是偶然，可是你那些不經意的話語，都讓我念念不忘了那麼多年。其實這篇〈愛〉想傳達的很簡單，在對的時間遇見對的人，是如此的幸運。」我抬頭望他，露出了淺淺的笑容，「噢，你也在這裡嗎？」

我看見他的表情從詫異轉為寬和，再轉為掩不住的喜色，然後捧起我的臉頰，慢慢低下頭，輕輕地在我的唇上一吻。

時光好似停住了，在時間無涯的荒野裡，時光彷彿為了我們而駐足。

他離開我的唇瓣，依舊捧著我的臉頰，臉上是淺淺的笑容，輕聲說：「嗯，我在。未來也會在。」

很多年後我問自己，為什麼要緊抓著那三年的記憶不放呢？

也許就和張愛玲筆下那個穿著月白色袍子站在桃花樹下的少女一樣，對著一個少年念念不忘，多年後再度提起，依舊覺得這是一輩子的瑰寶。

而我們都一樣，等待著那個撓頭傻笑的俊朗少年跨過時空的洪流，輕輕地朝自己說聲：

「噢，你也在這裡嗎？」

番外三　咱倆

我望著電腦螢幕上的Excel檔，出來工作以後每天盯著這種東西都覺得快眼花了。

一旁的同事早就收拾好，拎著包就要離開，臨別前朝我說：「如瀅啊，做完了就可以回家囉！」

我擺擺手，頭也不抬，「我想先解決一些問題，妳先走吧。」

她輕笑，「就妳最認真。離開前記得關燈呀！」

我頷首，朝她笑笑，然後繼續埋首於工作中。

職場跟校園差異太大了，我很害怕因為不夠努力就比別人少了更多機會，因此每天都會留下來多學習一些，文胤崴都開玩笑會不會我有天就因為工作而不理他了。

總算是解決了這項工作，早就已經六點多了，我低頭打開手機，看到文胤崴五分鐘前傳來訊息。

「我在樓下等妳。」

咦？

我趕緊收拾東西，衝下樓，向警衛人員打聲招呼後便看見文胤崴在門口朝我揮手，我趕緊奔向他，不好意思地喊：「抱歉！等很久了嗎？」

「早知道妳這個工作狂一定會自行宣布加班了，所以我大概五分鐘前才到。」他嘿嘿笑，都二十幾歲了還像是個少年，偶而我都想問他到底是怎麼保養的，我都怕自己站在他面前顯老了。

我不好意思地朝他笑笑。

「上車吧！」他打開副駕駛座的車門招呼我上車。

文胤崴還在臺大讀碩士，去年跟大學同學陳澄南一起合開了間新創公司，今年存了點小錢買了臺車，根據其他臺大同學的說法，文胤崴大概已經是碩班最威風的人物了。

我們有一搭沒一搭地聊天，他直說想吃烤鴨跟番茄炒蛋，我忍不住笑，「你每天都吃這些真的好嗎？」

「烤鴨是必須的，至於番茄炒蛋，只要是妳煮的我都好。」

他沒有發現我的臉早就紅透了，平時是個鋼鐵直男，卻總能突然撩動我的心弦。

「咱倆今天還是吃火鍋好了，好解決，不然妳今天也累了，不然換我來煮煮看。」他說。

我被他的提議嚇得趕緊擺手，忙拒絕：「別別別，你煮的東西能吃嗎？」

文胤崴曾經自豪地跟我說要給我煮頓大餐，可當我下班回到家看到廚房一片狼藉，餐桌上還擺著連稱為食物都有問題的東西，而他還在慌亂地打電話給文阿姨，問糖醋排骨怎麼煮，可鍋子一片焦黑。

我想我還是不要輕易相信他的廚藝好了……

他挑眉，「妳確定？」

「拜託我求求你，不要拿我的命來開玩笑。」我誇張地說。

他這才沒了煮飯的興致，閉嘴安靜開車，感謝上蒼，感謝主。

剛巧遇上了紅燈，文胤崴轉頭對我說：「咱倆改天出去玩吧！好久沒有一起出去玩了。」

我朝他笑，「當然好啊！」

忽然想起了什麼，興許是因為今天心情特別好，我低聲說：「文胤崴，其實我真的很喜歡你說『咱倆』。」

就是那種我和你，變成了我們，而且只有我們倆的感覺。

文胤崴聞言，有些不好意思地別過頭，但我還是看見了他紅透了的耳根子。

「其實我還挺希望有天能從咱倆變成咱仨的。」

「啊？」

我被他的話弄得臉也紅透了，兩人看起來活像低情商的高中生在談戀愛。

正巧綠燈亮起，文胤崴咳了幾聲，踩下油門前進，然後朝我說：「要是妳喜歡的話我就多說一點。」

他的話像是羽毛，撓癢了我的心房。

「然後啊，下次出去玩的時候我有話要跟妳說。」

我饒富興趣地問：「什麼啊？」

「哎呀！下次就知道了嘛！」他像個急躁的少年，倉皇地喊。

我望著他，忍不住笑，好似又看見了高中時的我們成日鬥嘴，眼底是青春的色彩。

「看什麼呀？」文胤崴被我盯得不自在，忍不住說：「爺的盛世美顏讓妳驚呆了？」

什麼鬼啊？

我學起他的語氣，笑說：「我在看咱倆。」

他似乎聽懂了我在說什麼，也勾起了淺淺的笑容。

我轉頭望窗外景色，正好音樂跳到高中時代流行的歌曲，彷若看見十字路口上，穿著翰青高中制服的文胤崴和李如瀅正在討論安培右手定則，少年似乎受不了少女的愚笨，逕自抓著她的手解釋磁場、電場分別要怎麼分辨，只見她不斷偷瞄身旁的少年，臉上有一點紅暈。

我忍不住笑，偷瞄旁邊握著方向盤的男人。

——過去是我和你，往後是咱倆，而我們的故事會一直、一直持續下去的。

（路過你的時光漫漫：留春　完）

【後記】再見，單戀日記

我曾經單戀一個男生三年——如果是暗戀的話，我想我會好過一點。

這句話挺熟悉的吧？不是小說對白，我還真對別人說過這句話，偶爾，就只是偶爾想起了某個人曾路過我的漫漫時光。

彼時還是一個悶騷的高中生，每天最大的苦惱就是英文單字背不完，理科解不出來，直到某天，偶然瞥見了某個人，整個高中生活都變得不太一樣了。

每天早上跟著閨蜜跑去操場，遠遠看著他打球，再假裝自己只是剛好在這裡，剛好遇到他，然後就一起趕在打鐘後三分鐘內奔回教室。後來另一個朋友乾脆叫我每天都去操場跑個幾圈，就能順理成章地見他。

下課時間在人來人往的走廊遇見他，前面說過了，我就是個悶騷的高中生，每次看見他都要假裝移開視線，最後裝作偶然，悄悄地朝他伸出手，打了聲招呼，望見他那揚起的手，那一整天都變得美好了起來。

我的數學不好，卻總能計算出他何時會出教室門，會待個多久，要在哪時哪刻遇見他，才會合情合理，才能讓他覺得事出偶然。

或許每個人所遇見的偶然都是經過精心設計的吧？至少對高中的我就是如此。

高中生活的確大部分都被苦悶的讀書考試給佔據了，那時的日子很單純，可以因為一次段考考砸了難過個半天，也可以因為在光影交疊的走廊上遇見他，瞅見他後腦勺那幾根不安分翹起的髮絲而開心個一整天。

我以為我早就遺忘了，卻總能在不經意間想起他上課的笑話，想起每次體育課跑操場領先大家的他的背影，想起每個晚上為了讓他覺得特別，想了好久該如何回覆，才能讓他覺得別出心裁，甚至還得計算出應該要何時傳送才不會讓他覺得煩，讓他發覺這個女生就是喜歡他。

但是我的喜歡實在太粗糙了，冥冥之中，我總有個感覺，其實他根本就知道我的心意，這不是暗戀，這是單戀。

小說裡大部分不是我的個人經歷，唯有幾件事是我真幹過的，比如在他生日時跑遍了整個市區，最後很隨便地買了個蛋糕送他，比如在他落選400m接力時偷偷地安慰他，最後在他百米賽跑時偷偷從教務處志工溜出來替他加油。

再比如他交了女朋友。

高二期末，他天天揣著手機，天天跟另一個女生聊天，而我的訊息也是久久才回覆一次，我瞬間明白了，自己在談場無疾而終的單戀。

那時我開了一個私人帳號，命名為「單戀日記」，紀錄和他相處的點點滴滴，而最後一篇卻是「他交女朋友了，不是我在作夢，更不是我的臆測。」

可悲得讓人唏噓。

後來我刪了那個帳號，卻又時常因為懷念而重新開通，然後又因為於心不忍再度刪除帳號，輪迴不知幾次。

高二升高三的暑假，明明就是學習最要緊的時候我卻無法打起精神，明明就是酷暑，為何我卻有種凜冬將至的感覺呢？

「我們替他鑑賞過了，那個女生是個特別好的人。」

那天班級聚餐，同學們起鬨，坐在對面的他面紅耳赤，接受老師們質問般的玩笑，我坐在他們之中，獨自笑眼彎彎，只覺得嘴角越發酸澀。

高三的時光我常待在五樓人煙罕至的廁所，躲避他們的出現，害怕自己的心因此有所波動，每當洗手照鏡子時，望見鏡中那個清湯掛麵、嘴角長了顆痘子、大餅臉的自己就會覺得無限哀愁，看起來像生活了無希望的難民。我悄悄地張口，眼眶就這麼紅了。

「妳會沒事的，我們都會沒事的，加油。」

我很感謝五樓的廁所，溫柔地包容了我所有的少女心事。

一直到畢業前，我們的關係都不似過去要好，不再天天聊天，可我總覺得，這樣的日子太遺憾了，我幾近瘋狂地重新把我的「單戀日記」寫完，想著不可以就這樣把回憶打包到大學畢業那天，我給全班同學寫了信，或長或短，全都飽含了感謝他們出現在我的青春裡的心意。

唯獨他的不一樣。他曾因為我說的細微的話而猜出我的心事，所以我相信這回他猜得出來的。很可惜沒有。

畢業那天他撐著傘和女朋友離去的畫面成了我的青春最後的紀念，淚眼朦朧間，我看見他嘴角噙著笑，那種我最喜歡的笑容。

直到最後我都沒有說出口。

從網路連載一路相伴到現在的讀者們應該知道我為這篇故事心情起伏多大。因為這篇故事裡有太多的回憶了，我把我的高中記憶片段都寫了進去，我的班導、為了班級榮譽拚命的班級、學測題目早就忘了，卻對那天聽的歌念念不忘的自己，還有他。

我本來以為自己無法在華文大賞完稿，最後關頭，他對我說：「加油，妳一定能成為一個了不起的作家，我等妳出書的那天。」

入圍的那天早上我看著手機螢幕，跌坐在地上，嚎啕大哭了起來，嘴裡不斷喃喃他的名字：「我辦到了，我真的辦到了。」

落選那天我不斷捶打自己，一次又一次的道歉。

對不起，是我太弱了，沒能實現妳的願望。

對不起，沒能替妳最後的勇氣善終。

對不起……

重新振作起來後，我把這篇故事修改過後投了幾家出版社，得知受到要有光的垂青時眼淚就這麼奪眶而出了。

我想起了上學期學校活動，大家在寫了幾首名詩的字卡後面寫下自己的願望，我輕輕地寫下：「我會完成和你的約定。等我。」

我一面哭，一面打開聯絡人資訊，然後飛快地傳送訊息給他，「好久不見，其實我就是想到了之前說過出書了一定要告訴你，我要出書了，我終於要出書了。」

我終於完成跟你的約定了。

完結這篇故事是在八月盛夏，一年後的九月，文胤崴和李如瀅以不一樣的面貌，和你們再度相逢。

十八歲的我們各自懷著不一樣的心思，千迴百轉，文胤崴和李如瀅幾乎陪伴了我整個晦澀的高三歲月，陪伴了我大一那段意氣風發而後跌入谷底的時光，我說過，等到我足夠強大的時候就要放他們去翱翔。

現在我已經足夠成熟了吧？

謝謝一路走來，無論是舊的還是新的讀者，沒有你們，我想我也無法這麼快就重新振作。

謝謝秀威資訊出版社還有齊安編輯，給了這樣的我如此美好的機會，一次又一次給予我幫助，讓這部作品能夠以最好的方式呈現。

謝謝所有的文友，在我困惑或是低落時給予我鼓勵以及建議，傾盡所能幫助我。

謝謝李如瀅和文胤崴。

這兩個老朋友站在我面前，不羈的少年和含蓄的少女，依舊是如初的模樣，他們手拉著手，揚起了笑容，旁邊還有個人影，我細覷，居是高中的自己。

該是時候說再見了。

那天的畢業歌響起，那場滂沱大雨中的少年離我越來越遠，直到再也看不見了。

時光漫漫，我多麼感謝你能路過我這段平凡的歲月，絢爛了它。

我揚起手，格外慎重，告別本就該笑眼面對。

「再見！」

再見，李如瀅、文胤崴。

再見，親愛的H同學。

再見，我那漫長的單戀故事。

絢君　2019.6.1　寫於高中畢業一週年

要青春54　PG2320

要有光 FIAT LUX

路過你的時光漫漫：
留春

作　　者	絢　君
責任編輯	喬齊安
圖文排版	林宛榆
封面設計	恬　恙
封面完稿	蔡瑋筠

出版策劃	要有光
發 行 人	宋政坤
法律顧問	毛國樑　律師
印製發行	秀威資訊科技股份有限公司 114台北市內湖區瑞光路76巷65號1樓 電話：+886-2-2796-3638　傳真：+886-2-2796-1377 http://www.showwe.com.tw
劃撥帳號	19563868　戶名：秀威資訊科技股份有限公司 讀者服務信箱：service@showwe.com.tw
展售門市	國家書店（松江門市） 104台北市中山區松江路209號1樓 電話：+886-2-2518-0207　傳真：+886-2-2518-0778
網路訂購	秀威網路書店：https://store.showwe.tw 國家網路書店：https://www.govbooks.com.tw
總 經 銷	聯合發行股份有限公司 231新北市新店區寶橋路235巷6弄6號4F 電話：+886-2-2917-8022　傳真：+886-2-2915-6275

出版日期	2019年9月　BOD一版
定　　價	270元

Printed in Taiwan

國家圖書館出版品預行編目

路過你的時光漫漫：留春 / 絢君著. -- 一版. --
臺北市：要有光, 2019.09
面； 公分. -- (要青春 ; 54)
BOD版
ISBN 978-986-6992-22-3(平裝)

863.57　　108013652

讀者回函卡

感謝您購買本書，為提升服務品質，請填妥以下資料，將讀者回函卡直接寄回或傳真本公司，收到您的寶貴意見後，我們會收藏記錄及檢討，謝謝！

如您需要了解本公司最新出版書目、購書優惠或企劃活動，歡迎您上網查詢或下載相關資料：http:// www.showwe.com.tw

您購買的書名：________________________________

出生日期：________年________月________日

學歷：□高中（含）以下　□大專　□研究所（含）以上

職業：□製造業　□金融業　□資訊業　□軍警　□傳播業　□自由業

□服務業　□公務員　□教職　□學生　□家管　□其它______

購書地點：□網路書店　□實體書店　□書展　□郵購　□贈閱　□其他

您從何得知本書的消息？

□網路書店　□實體書店　□網路搜尋　□電子報　□書訊　□雜誌

□傳播媒體　□親友推薦　□網站推薦　□部落格　□其他__________

您對本書的評價：（請填代號　1.非常滿意　2.滿意　3.尚可　4.再改進）

封面設計____　版面編排____　內容____　文／譯筆____　價格____

讀完書後您覺得：

□很有收穫　□有收穫　□收穫不多　□沒收穫

對我們的建議：________________________________

____

____

____

請貼
郵票

11466
台北市内湖區瑞光路 76 巷 65 號 1 樓
秀威資訊科技股份有限公司 收
BOD 數位出版事業部

(請沿線對折寄回，謝謝！)

姓　　名：＿＿＿＿＿＿＿＿　年齡：＿＿＿＿　性別：□女　□男

郵遞區號：□□□□□

地　　址：＿＿＿＿＿＿＿＿＿＿＿＿＿＿＿＿＿＿＿＿

聯絡電話：(日)＿＿＿＿＿＿＿＿＿＿(夜)＿＿＿＿＿＿＿＿＿＿

E-mail：＿＿＿＿＿＿＿＿＿＿＿＿＿＿＿＿＿＿＿＿